竜王に拾われて魔法を極めた少年、
追放を言い渡した
家族の前でうっかり無双してしまう
～兄上たちが僕の仲間を攻撃するなら、徹底的にやり返します～
著 こはるんるん
Koharunrun
イラスト ぷきゅのすけ
Pukyunosuke
JN131114

「おおっ！　良かったのじゃ、
気がついたのじゃな!?」
アルティナと名乗った美少女は、
ネグリジェ姿のあられもない格好をしていた。
ボリューミーな胸が存在を強く主張しており、
白いおへソがチラ見えしていて、
なんとも悩ましいって……違う！
竜王の女の子
アルティナ
聖竜王にドラゴンに変身する力を封じられてしまい、古代エレシア文明の遺跡に隠れ潜んで暮らしている。母親は、300年前に世界の半分を焼き尽くした冥竜王。

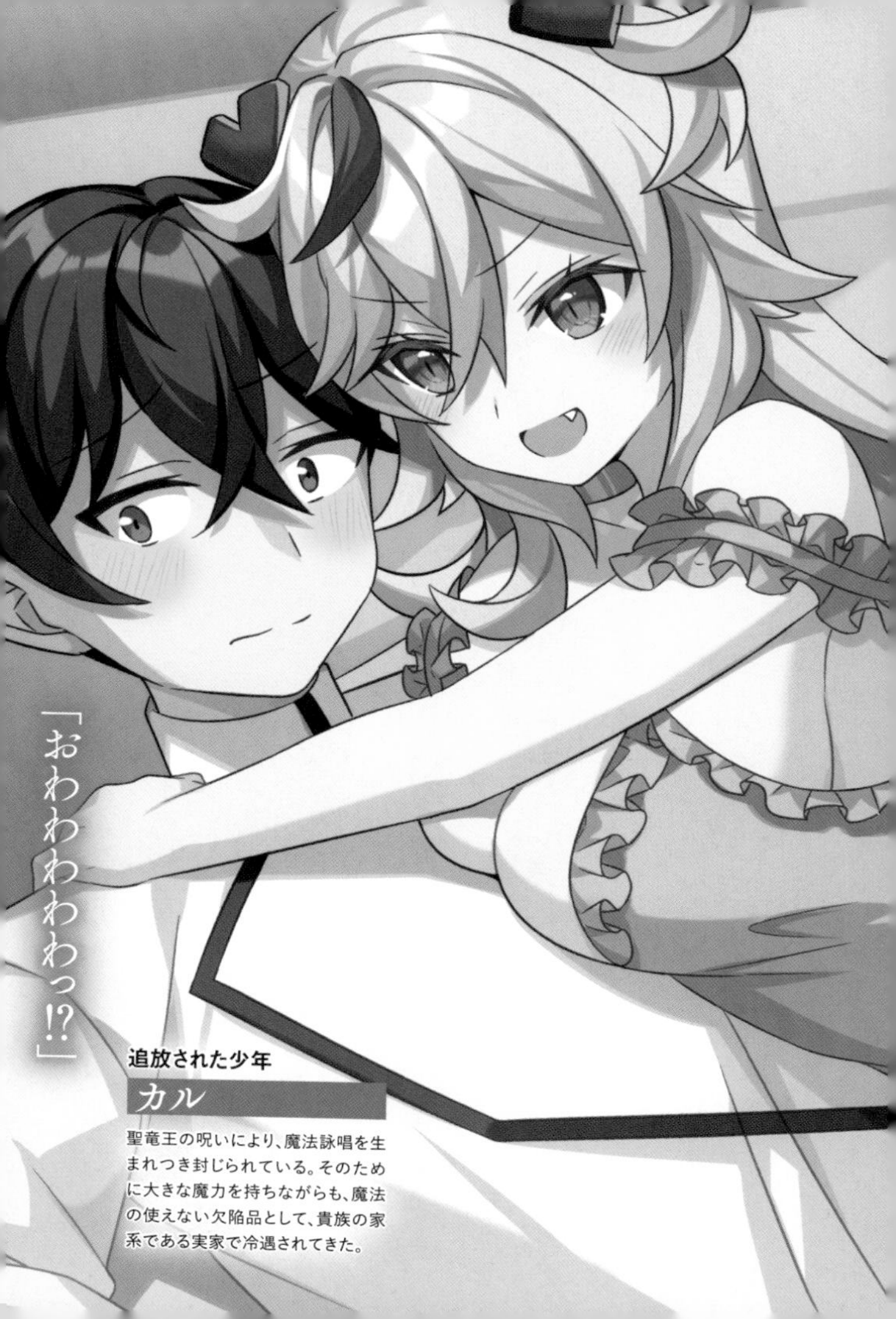
「おわわわわわっ!?」
追放された少年
カル
聖竜王の呪いにより、魔法詠唱を生まれつき封じられている。そのために大きな魔力を持ちながらも、魔法の使えない欠陥品として、貴族の家系である実家で冷遇されてきた。

「【竜王の咆哮《ドラゴンシャウト》】！」

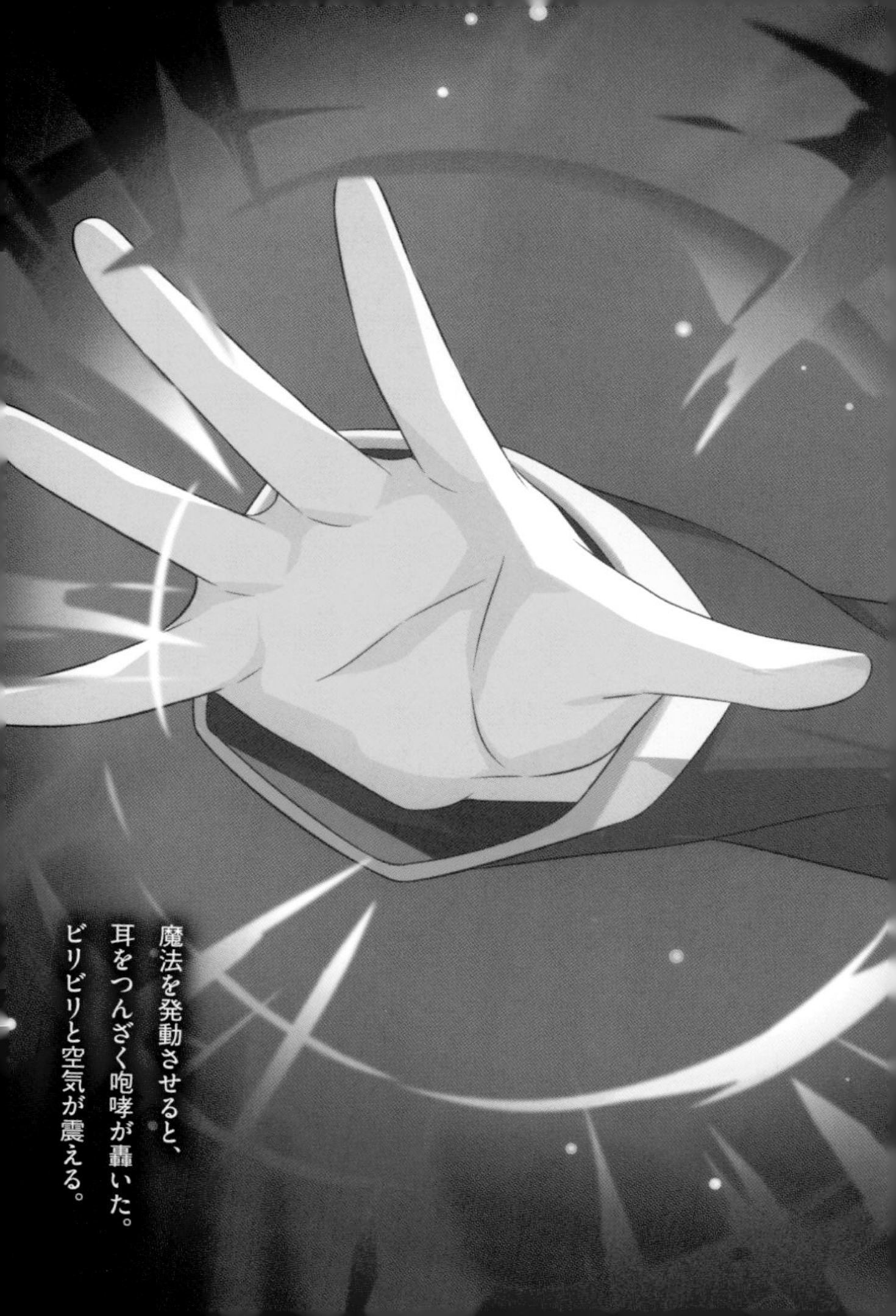
魔法を発動させると、
耳をつんざく咆哮が轟いた。
ビリビリと空気が震える。

「カル殿が順調に功績を挙げられたら、次は子爵の地位を……
そうなれば、わたくしとの婚約も現実的に……」
「わっ、わわわ、私はカル様に
婚約して欲しいとお願いするつもりよ！」
人魚族の王女
ティルテュ
もともと古代文明によって海中でも生きられるように品種改良された人間の末裔。他種族を魅力する魔力を持つ。王女である自分は偉いと思っている。美少女であることを鼻にかけている。
未来の女王
システィーナ
ハイランド王国の次期王位継承者。国の平和を乱す竜族の長、聖竜王の脅威に対抗するために古代エレシア文明の魔法技術を追っている。

「『カル兄様は永遠に私だけを愛するように』って、お願いするつもりだけど？」
「ミーナはご主人様の子供を産みたいとお願いするつもりですにゃ！」
カルの妹
シーダ
カルの異母妹。庶子の娘であるため、ヴァルム家では冷遇されており、兄であるレオンや父親に対してはあまり良い感情を抱いていない。火の魔法と大剣を用いて戦う。
猫耳族の獣人
ミーナ
無人島に住んでいる非文明人。魔力はあるが魔法を使う文化はない。語尾は「にゃ」

Contents

竜王に拾われて魔法を極めた少年、追放を言い渡した家族の前でうっかり無双してしまう

～兄上たちが僕の仲間を攻撃するなら、徹底的にやり返します～

こはるんるん

GA文庫

カバー・口絵　本文イラスト
ぷきゅのすけ

第一章　14歳で実家を追放される

「カル、お前のように魔法の使えない欠陥品は、我が栄光の侯爵家には必要ない。追放だ！」

……えっ、ち、父上、何を？

14歳の誕生日に突然、父上から投げかけられた言葉に、僕はあ然とした。

「……父上。僕はもう欠陥品なんかじゃありません。必死に古代文字を研究して、たったひとつですが、失われた無詠唱魔法を使えるようになったんです」

このヴァルム侯爵家は、竜殺しを家業とする武門の一族だ。人間に仇なす数々の竜を討伐してきた。

だけど、その結果、七大竜王の一柱、聖竜王の恨みを買って、母上は呪《のろ》いを受けた。

この呪いは遺伝する性質を持っており、僕は生まれつき呪文の詠唱を封じられていた。

日常会話はふつうにできるのだが、呪文を発しようとすると声が出なくなる。

僕が生まれた日、父上は絶大な魔力を持った息子が生まれたと喜んだそうだ。でも、すぐに呪いの遺伝に気づいて、深く落胆したという。

「伝説の無詠唱魔法だと？　呪われた欠陥品が、デタラメを言いおって、なら今すぐ魔法を使ってみせろ！」

父上は激怒して、僕の誕生日ケーキが載ったテーブルを殴りつけた。テーブルが粉砕されて、贅《ぜい》を凝らした料理が床にぶちまけられる。

侍女たちが悲鳴を上げた。

この家で、唯一僕を庇《かば》ってくれた母上は先月、亡くなった。それから一気に僕への風当たりが強くなった。

父上は呪いを受けて生まれた僕を、【忌《い》み子】として強く毛嫌いしており、遠ざけてきた。

こうして、言葉を交わすのさえ久しぶりだ。

「僕が使えるようになったのはバフ魔法の【筋力増強《ストレングス・ブースト》】です。これでレオン兄上の能力値を上げていました。

最近のレオン兄上の目覚ましい活躍に微力ながら貢献しています。父上もご存知では？」

「……まさか、そんな嘘《うそ》をつくとはな。兄の手柄を自分のおかげだと言い張るつもりか⁉」

えっ？ そんなつもりはなかったのだけど……。

僕はレオン兄上が無事に竜を討伐して帰って来られるように、精一杯の支援をしてきた。

もしかして、レオン兄上はそのことを父上にちゃんと伝えていなかったのか？

そのことに思い至って血の気が引いた。

なら無詠唱魔法を実演して、誤解を解かなくてはならない。

僕は慌てて【筋力増強《ストレングス・ブースト》】を発動させるべく、父上に触れようとした。

この魔法を使うには、相手に触れる必要がある。

「触るな、忌み子が！　呪いが移《うつ》る！」

父上は穢らわしいとばかりに、鞘《さや》に収めた剣で僕を殴りつけた。

口の中が切れて、血の味が広がる。

僕の呪いは、接触感染するような物ではない。だけど父上は、呪いが自分に及ぶことを恐れて、母上にも僕にも決して触れようとしなかった。

それが母上を、どれだけ傷つけてきたかわからない。

口惜《くや》しさを噛《か》み締《し》めつつ、僕は告げた。

「父上、この魔法は相手に触れる必要があります。どうか、実演の機会をいただけないでしょうか？」

「もうよい。荷物をまとめて、さっさと出ていけ！　貴様の顔など見たくもないわ！」

「ハハハハハッ！　父上、それはいくらなんでも無慈悲すぎます。カルにもチャンスを与えてやりましょう」

その時、4歳上の兄レオンが、ニヤニヤ笑いながら告げた。

僕は歓喜した。

やっぱり僕の貢献は、兄上に通じていたんだ。

「少し前からドラゴンどもが巣を作りだした無人島があります。そこにカルを放り込むのは、どうでしょうか？　自力で生きて帰れたら、ヴァルム家の一員として認めてやるというのは？」

だが、レオン兄上は僕の事実上の処刑を宣告した。

い、一体、レオン兄上は何を言っているんだ……？

「妙案だな！　それならヴァルム家が呪われた子を追放したなどという醜聞《しゅうぶん》が広まることもない。むしろ、竜に殺されたのなら名誉の戦死と言える」

「はい。カルには俺《おれ》の竜殺しを見学させるつもりが、誤って島に落ちてしまったと他の者に説明すれば、ヴァルム家の家紋に傷はつきません。不幸な事故というヤツですよ」

僕は目の前の現実を受け入れられなかった。

父や兄からは冷遇されてきたが、それでも家族なのだと、心のどこかで信じてきた。

「カルよ、お前が伝説の無詠唱魔法を使えるほどの魔法使いなら、竜どもを撃退して生きて帰れるハズだ。それができぬなら、黙って死ぬがよい！」

父上が無慈悲に告げた。

レオン兄上が口笛を吹くと、飛竜が屋敷《やしき》のバルコニーまでやってくる。ヴァルム家は竜を殺すために、竜を飼っていた。

強大な竜を支配し、その生殺与奪《せいさつよだつ》の権を握っていることは、武門の頂点たるヴァルム家の誉れだ。

僕は最後の希望をかけて、必死に訴える。

「レオン兄上。僕は兄上の無事を祈って、毎日、バフ魔法をかけ続けてきました。僕たちは兄弟なのに……追放なんて嘘ですよね？」

「はぁ？　呪われた欠陥品の分際で、この俺の弟だと？　バカも休み休み言うんだな！」

しかし返ってきたのは、蔑《さげす》みの声だった。レオン兄上は、僕の首根っこを摑《つか》んで飛竜に飛び乗る。

「それにバフ魔法だぁ？　俺の活躍は、全部、俺の才能のおかげに決まっているだろが！」

どうやら、この2年間、毎日バフ魔法をかけ続けたために、兄上はその恩恵を感じにくくなっていたらしい。

僕が父上や兄上に認められようとしてきた努力は、全部、無駄だったんだな。

母上がいなくなった今、もし生き延びることができたなら。

もうヴァルム家のためではなく、自分のために魔法を使おうと僕は決心した。

「んっ？　なんだ？　……げぇえええ⁉　古竜だと？　あの島には、そんな化け物がいるってのかよ、冗談じゃねぇぞ！」

島に近づくと、レオン兄上の飛竜が怯《おび》えたような鳴き声を出した。

兄上は狼狽《ろうばい》をあらわにする。

古竜とは1000年以上を生きて、災害にも等しい力を得たドラゴンだ。世界に数えるほどしかいない。

古竜だって……？


「ちっ。もういい、お前はここでトマトみたいに潰《つぶ》れちまえ！」

レオン兄上は失意の底にいる僕を、島に向かって放り投げた。

「うあぁあああ……っ⁉」

ぐんぐん島の地表が近づいてくる。

せめて海に落としてくれれば生き残れたかも知れないけど……僕が落ちる先は海岸近くの森だった。

まだ、こんなところで終わりたくない。

僕は必死で生き延びる方法を模索する。

そうだ。一度も成功したことがないけれど、無詠唱魔法で突風を起こして落下地点を海にズラすことができれば……。

僕は無我夢中で基礎魔法【ウインド】を発動させた。

死を目前にして、限界以上の集中力を発揮したおかげだろうか。何か、ずっと嚙み合わなかった歯車が嚙み合うような感覚があった。

魔法は奇跡的に成功する。

ギュオオオオオン！

森の木々を圧《へ》し折る大暴風が吹き荒れ、反動で僕の落下速度に急ブレーキがかかった。

「なっ、なんだ……⁉」

自分でも思ってもみなかった威力に驚嘆《きょうたん》する。

無詠唱魔法は、呪文の詠唱を必要とする通常魔法より、強大な威力を発揮すると古文書にあったけど……。

そのまま大木の枝に突っ込んだ僕は、何か柔らかいモノに叩《たた》きつけられた。

「ぬぎゃあ⁉　痛いのじゃ……⁉」

女の子の声？

痛みで一瞬、意識を失いかけた僕は、女の子を下敷きにしていることに気づいた。

「……うわっ⁉　ごめんなさい！　大丈夫ですか？」

慌てて飛び退《の》いて、必死に頭を下げる。

どうやら、僕が無事なのは女の子がクッション代わりになってくれたからのようだ。

僕のせいで大怪我《けが》をさせてしまったかも知れないと思うと、居たたまれない。

「い、今の爆風は、おぬしの仕業《しわざ》か？　おぬし、風竜の化身か何かか⁉」

相手は15歳くらいの少女だった。かなり驚いているようで、目を白黒させている。

幸いにも怪我はしてないようで良かったけど……言っていることが意味不明だ。

「僕はカル・ヴァルムといいます。下敷きにして本当にごめんなさい！」

「ヴァルムとな……？　まさか、あの竜殺しの英雄カイン・ヴァルムの末裔《まつえい》か？」

女の子はなにやら考え込んだ。

ヴァルム侯爵家は有名なので、それで僕の素性は伝わったらしい。

「それを差し引いても、今の魔法は人間離れしておったぞ。それに、なぜ、こんなところにおるのじゃ？　ま、まさか……」

女の子は警戒したように身構えた。

よく見れば、月光のようにきらめく銀髪をした容姿端麗な少女だった。小柄にもかかわらず、胸のサイズが豪勢《ごうせい》で思わず見惚《みほ》れてしまう。

……って、僕は何を考えているんだ。

「実は、僕は呪いを聖竜王から受けたせいで、ヴァルム侯爵家を追放されたんです。生きてこの島を出られたら、一族として認めてやると……」

そこまで言って気づいた。

ここは竜が巣食う危険な無人島という話だ。女の子がひとりでいるのは、明らかに変だ。この娘は一体……？

「なに……？　あの憎《に》っくき聖竜王めが、確か『最強の竜殺しとなるであろう子供に、魔法の詠唱ができなくなる呪いを伝播《でんぱ》させた』などと抜かしておったが。もしや、おぬしがそうなの

か……？」

「えっ……？」

グォオオオオン！

その時、大地を震わすような咆哮《ほうこう》が轟《とどろ》いた。本能的な恐怖に僕は縮み上がる。

「これは、もしかして……レオン兄上の言っていた古竜？　どひゃあああっ⁉」

次の瞬間、山のように巨大なドラゴンが木々をなぎ倒して、僕たちに迫ってきた。その迫力に、僕は思わず卒倒しそうになる。

「見つけたぞ、冥竜王アルティナ！」

「マズイ、見つかったのじゃ⁉　おぬし、今すぐ逃げよ！」

女の子が僕を突き飛ばす。僕は意外なほどの怪力に吹っ飛ばされて、茂みに突っ込んだ。

「ああっ……⁉」

女の子の元にドラゴンが突撃していく。このままでは、あの娘が殺されてしまう。

「そうだ、さっきの【ウインド】で偶然生み出せた大暴風……！」

あれをもう一度使えたらドラゴンの気を逸《そ》らすことくらいはできるんじゃないか？

うまくすれば、女の子が逃げるチャンスを作れるかも知れない。

一瞬、脳裏に『魔法の使えない欠陥品め！』と、僕を罵倒《ばとう》する父上の声がよみがえった。

弱気になりそうになったけど……マグレでもなんでも良い。今日までの努力と研鑽《けんさん》は、誰《だれ》かを守るためのものであったハズだ。

女の子に当たらないように、もっと風を収束させて指向性を持たせて……ええっと、こうか！

頭をフル回転させて、一か八か僕は無詠唱魔法を発動させた。

ズッドオオオォォン――――ッ！

「なんだとぉおおおお!?」

ドラゴンが大絶叫を上げた。

強烈な風の刃《やいば》が周囲の大木ごと、その巨体を斬り刻んだ。鋼鉄より硬いと謳《うた》われる鱗《うろこ》が断ち切られて、一瞬でドラゴンはバラバラになる。

「……はぇ？　な、なんだ、これ？」

なにか思っていたのとは、まったく違う現象に僕は心底戸惑った。

「ガハッ！　ま、まさか、古竜クラスの風竜の伏兵……!?　冥竜王にまだ従う者がいたとは、無念……」

それだけ言い残して、巨竜は事切れた。

なにか盛大な勘違いをしているようだった。

「こ、こやつ、聖竜王の手下を一撃で倒しおったぞ!?　と、とんでもない魔法の使い手なのじゃ！」

女の子は固唾《かたず》を呑んで僕を見つめる。

「えっ、今のが聖竜王の手下？　って、冗談だよね……？　格別に弱いドラゴンだったのかな？」

「弱い？　わらわの討伐にさしむけられた輩《やから》じゃぞ。弱い訳なかろう⁉」

「えっ、でも【ウインド】で……」

「なぬっ？　【ウインド】？　ま、まさか今のが基礎魔法であるとでも言うのか⁉　古竜にすら通用しそうな威力であったぞ！」

えっ、この巨竜は古竜ではない？　とすると、この島には他に古竜がいる？

それに冥竜王アルティナって……？

そこまで考えると同時に、頭がくらっとした。僕は膝《ひざ》から崩れ落ちる。

これは魔力欠乏症だ。

魔力を限界まで消費すると、人間は意識を失う。

２年前にようやく魔法が使えるようになった僕は、魔力量《MP》が少なかった。

「おい、おぬし、大丈夫か……⁉」

女の子の声を聞きながら、僕の意識は闇《やみ》に落ちた。

気がつくと顔に柔らかいモノが押し付けられていた。花のような甘い香りが、鼻腔《びこう》をくすぐる。

ふが、ふが……っ、なんだ……息苦しい。

「おおっ！　良かったのじゃ、気がついたのじゃな⁉」

華やいだ声が耳元で聞こえた。

ぶぅうううう⁉　僕は思わず鼻血を噴き出しそうになる。

なんと、僕はあの銀髪の女の子に、ベッドの上で抱きしめられていた。

「おわわわわわっ⁉」

僕は慌てて女の子から離れようとして、ベッドから転がり落ちた。

僕は呪われた子だったので、女の子たちからは避けられ、侍女たちからも腫《は》れ物《もの》扱いされていた。

こんなかわいい女の子と一緒に寝ていたなんて、信じられない。

「キミは⁉　ここは、どこだ……⁉」

「そういえば自己紹介がまだじゃったな。わらわは、冥竜王アルティナじゃ。そして、ここはわらわの秘密の隠れ家なのじゃ！」

「はぁっ⁉」

アルティナと名乗った美少女は、ネグリジェ姿のあられもない格好をしていた。

ボリューミーな胸が存在を強く主張しており、白いおへソがチラ見えしていて、なんとも悩ましいって……違う！

「冥竜王っていうと……３００年前に世界の半分を焼き滅ぼしたという、七大竜王の一柱？もっとも邪悪なドラゴン？　そ、それがキミだっていうのか？」

冗談にも程があると思う。

「それはわらわの母様のことじゃな。わらわは、母様の座を受け継いだ2代目冥竜王じゃ。母様のように闘争に明け暮れなければ気が済まない脳筋バーサーカーではない故、安心するがよい。平和的で文化的なドラゴンなのじゃ！」

「……いや、ホントに⁉」

このアルティナが心優しい少女であることは、初対面の僕を助けようとしてくれたことからも理解できた。

だけど……。

「ほう。どこからどう見ても、こんな可憐《かれん》な女の子が、冥竜王であるとは到底思えないか……やはり、カルはわらわを討ちに来た訳ではないようじゃな。で、あるならこの出会いは運命なのじゃ！」

「……えっ、な、なに……？」

ぽっと頬《ほお》を上気させるアルティナに、僕は面食らう。

彼女の言葉の前半部分は、僕が今しがた思ったことそのまんまだ。

「それに心の優しい女の子とは、照れるのう」

「はぁっ？　ま、まさか僕の思ったことが、伝わっている……!?」

「悪いが、わらわは敵が多い身じゃからな。カルが敵でないか調べるために、【読心】の魔法をかけさせてもらったぞ」

アルティナは事もなげに告げた。

じゃ、じゃあ、僕がアルティナの胸とか、おヘソとか、お尻《しり》をガン見していたことも、全部伝わっている!?

「当然なのじゃ。わらわは魔物の頂点に君臨する冥竜王であるが故に。言葉の通じぬモンスターとも意思疎通するための魔法を必須教養として心得ておるのじゃ。カルの考えは、わらわにみな伝わっておるぞ……子供とはいえ、立派な男子よな。ウブでかわいいぞ！　そんなにわらわの胸が気になるのか？」

「人の心の中を読まないでくださいよ！　恥ずかしいぃいいいい！」

「恥ずかしがらなくてもよいではないか？　ここにはカルと、わらわしかおらぬのじゃぞ？くふふふっ、おぬしは、実にわらわ好みの男子なのじゃ。うん、すりすりぃ」

アルティナは歓喜して、僕に抱きついてくる。

顔、かわいい顔が近いぃいいい！

「ひぇえええっ!?」

僕は慌ててアルティナを引き剝《は》がす。

「まあ、あまり、からかってもかわいそうじゃ。読心魔法は解除してやろうぞ」

まるで小悪魔のようにアルティナが微笑《ほほえ》んだ。

お、落ち着け、冷静になるんだ……。

おそらくアルティナは、僕の強い思念を読み取っているのだろう。

僕は独学で魔法を勉強し、読心魔法の知識もあった。強く思ったこと以外は、多分、伝わっていないハズだ。

僕が昔好きだった女の子の名前といったトップシークレットが漏《も》れることは、思考に上らせなければ、まずないだろう。

これからは気をつけなくては……。

てっ、今、さらっと引っかかることを言ったような……。

「2代目冥竜王なら、強力な邪竜を多数従え、魔物の群れに傅《かしず》かれているハズ。なのに、ここにはアルティナしかいないの？」

僕はアルティナの正体については、まだ半信半疑だった。

「うむ。実は、わらわは聖竜王との戦いに敗れて、人間の姿に封じられたのじゃ。

口惜しいが配下どもはヤツに寝返るか、倒されてしまっての。ここに隠れ潜んでおるのじゃ」

「七大竜王の関係は、よく知らないのだけど……アルティナは聖竜王と敵対しているのか」

「そうじゃ。ヤツと、わらわは不倶戴天《ふぐたいてん》の敵同士。聖竜王めは何を思ったか、人間を滅ぼすか抜かして、他の竜王たちに協力を呼びかけたのじゃ！」

「聖竜王が人間を滅ぼす……？」

僕は絶句した。

聖竜王が人間の領土を削りとるために、各国に侵攻してきていることは知っていた。

だけど人間を滅ぼすとは、穏やかではない。

「わらわは、人間が滅ぶと困ると訴えたのじゃが、奴《やつ》は聞く耳を持たなかったのじゃ。それで、わらわは力を封じられて、この有様《ありさま》じゃ」

アルティナは肩を落とした。

「それが本当なら、アルティナは人間の味方ということだよね？」

「その通りじゃ！　安心したじゃろ？」

先程襲ってきた巨竜は、アルティナを討つために聖竜王が放った刺客《しかく》ということか。

彼女の言葉に矛盾はないように思えた。

「それよりも、カルよ。お腹《なか》が空《す》いておらぬか？　わらわが腕によりをかけて料理を作ったのじゃ！」

アルティナがテーブルを指差すと、そこにはぶ厚い骨付きステーキと焼き魚、色とりどりのフルーツが盛られていた。

どれも美味《おい》しそうで、思わずお腹が鳴る。

「そういえば誕生日に家から追放されて、何も食べていなかったな。

いや、母上が死んだ以上、僕の誕生を祝ってくれる人なんて、この世界のどこにもいないか……」

今さらながらに、家から追い出されたことを思い出して心が痛んだ。

「な、なんじゃと⁉　誕生日に、おぬしのような子供を無人島に追放したというのか？　ヴァルム家というのは、ひどい連中じゃな！」

アルティナが僕を抱きしめてくれた。

「安心せい！　わらわがおるぞ。わらわはカルがこの世に生まれてくれてうれしいぞ！　なにせ命の恩人じゃからな。さあ、おぬしの誕生日を一緒に祝おうではないか⁉」

「ええっ⁉」

母上以外から、こんなことを言われたのは初めてだったので、僕は戸惑ってしまった。

ジンワリと、その意味が心に浸透するにつれて、温かさが広がっていく。

「母様が亡くなって寂《さび》しいのじゃな……わかるぞ。よし、よし、これからはわらわが、カルの母代わりになってやるのじゃ！」

「そ、それはうれしいけど、アルティナは歳《とし》も近いし、変なお姉さんといったような……」

「なぬ⁉　わらわを小娘だと言いたいのか？　確かにまだ400歳じゃが。わらわから見れば、カルなど、童《わらべ》もよいところなのじゃ！」

アルティナは頬を膨らませる。

さすが竜だけあって、アルティナは僕の母上よりずっと年上だった。お姉さんぶっているようにしか思えなくて、微笑ましいけど。

だけどアルティナはどうして、初対面の僕にこんなに良くしてくれるんだ？

ここまで他人に優しくされたことがなかったので、信じられない心地だった。人間が滅ぶと困るというのも、よくわからないし。

あっ、そうだ。読心魔法の術式は……。

僕は実家で何度も読んだ魔導書の記述を反芻《はんすう》して、アルティナ相手に【読心】を試してみた。

無詠唱魔法は頭の中で呪文を発音し、魔法を組み立てるため、イメージ力が重要だ。これがかなり難しいのだけど。

【ウインド】の魔法が成功したのだから、もしかすると【読心】も使えるかも知れない……。

悪いけど、僕ばかり心の中を覗《のぞ》かれるのはフェアじゃないからね。

『うぇへへへっ……わらわはなんとラッキーなのじゃ！　カルは絶対に絶対に、誰よりも立派な良い男に成長するぞ。わらわの手で育てて、わらわを大好きになってもらうのじゃ！　そして、同じ小説について語り合ったり、同じベッドで寝たり、一緒にお風呂《ふろ》に入って背中の流しっこをしたりするのじゃ！　カルから、アルティナ大好きだよ、とか言われて……おおっ、夢が、夢が広がるのじゃあああ！　今日は４００年の生涯で最良の日なのじゃ！』

アルティナの本音を知りたいと思った瞬間、彼女の喜悦に満ちた思考が流れ込んできた。

な、なんだこれ……。

万が一にも、こちらの思考を読まれないように細心の注意を払いつつ、満面の笑みを浮かべる美少女を見つめる。

「さあ、食事にするのじゃ、今日から、わらわとカルは家族じゃぞ！」

少なくとも、アルティナが僕に好感を持ってくれているのは、確かなようだ。

そして、彼女が魔物の頂点たる冥竜王であることも……心を読むことで確信が持てた。

「ありがとう。そして、ごめんなさい。もうアルティナの心を無闇《むやみ》に読んだりしません。だからアルティナも僕のプライバシーには配慮してくれるとありがたいな。読心魔法は、お互いに禁止にしよう」

「はっ……？」

アルティナは石化したように固まった。

「カルよ。まさか、わらわの心を読んだのか？」

「うん、ごめん。まさか、うまくいくとは思わなくて。えっと、さすがにお風呂に一緒に入るのはちょっと……」

僕は頭を下げて謝った。

「なぬっ⁉　い、いつ呪文を詠唱したのじゃ……それに、わ、わらわの精神干渉プロテクトを突破した？　子供のおぬしがか⁉」

アルティナが驚愕《きょうがく》に身を震わせる。

「僕は呪文の詠唱を呪いで封じられているから、無詠唱で魔法を使ったんだ。精神干渉プロテクト？　……抵抗を受けた感じはしなかったけど」

「ぬあっ⁉　あり得んのじゃ。伝説の無詠唱魔法じゃと⁉」

アルティナの絶叫が響いた。

《兄レオン視点》

「おっ……そろそろ王女様御一行のご到着だ。お前ら手筈《てはず》通り、うまくやるんだぞ」

俺は配下の2匹の竜に指示を送った。

竜どもは、小さく鳴くと岩陰に隠れた。

これからこの街道を、御年《おんとし》15歳のシスティーナ王女殿下の馬車が通る。

王女はなんでも、父上に火急の相談があるとかで、ヴァルム侯爵家にやってくる予定になっていた。

まさに好都合という奴だ。


俺は配下の竜どもに王女を襲わせ、自作自演で、さっそうとお助けする作戦に出た。

それで王女は、俺にメロメロになるって計画だ。完璧《かんぺき》だぜ。

「実行犯の竜どもは、殺処分するから絶対に足はつかねぇしな」

竜を2匹も使い潰すのは、ちともったいないが、それに見合うだけのリターンはある。

最近は聖竜王が魔物の軍勢を指揮し、世界各国に侵攻している。奴の仕業にすれば問題ない。

俺はこの手を使って、何人もの貴族令嬢を落としてきた。

しばらく遊んだらポイして、他の女に乗り換えて楽しんできた。英雄色を好むという奴だ。

だが、そろそろ俺も18歳。将来のために婚約者を決めておくべき時期だ。

俺にふさわしい娘といえば、この国一番の美少女と名高いシスティーナ王女に決まっている。

父上もヴァルム侯爵家の栄達のために、王女と俺との縁談を進めていたが、生意気にもあの小娘は渋っているらしい。

なんでも、何人ものご令嬢と浮名を流すようなお方は、信用できないとのことだ。

けっ、お高くとまりやがって小娘が……せっかく天才ドラゴンスレイヤーと謳われるこの俺の女にしてやろうというのに、ざけんじゃねぇぞ。

「まっ、いつもの手で、コロッと落としてやるぜ」

俺は舌舐《な》めずりした。

あの美しい王女が手に入ると思うと、ワクワクと興奮が止まらないぜ。

「バカな⁉　ヴァルム侯爵家の近くで、ドラゴンの襲撃だとぉ⁉」

「王女殿下をお守りしろ！」

俺の配下の竜どもが、王女の馬車に襲いかかった。

護衛の騎士どもは、油断していたようで浮き足立っている。

へへっ、いいぞ。騎士が何人か殺されたな。王女の甲高《かんだか》い悲鳴も聞こえてきた。

そろそろ頃合《ころあ》いだ。

俺は飛竜に乗って、格好良く登場した。

「システィーナ王女殿下を襲う不埒《ふらち》な竜ども、このレオン・ヴァルムが相手だぁ！」

高らかに名乗りを上げると同時に、火竜に突っ込む。

俺の振りかざした剣が、その頭を叩き斬……あれ？

ガッキイイイン！

剣が弾《はじ》かれ、俺はまたがった飛竜から転がり落ちた。

「ちっ⁉　なんだ……⁉」

いつもなら、竜の鱗くらい楽々斬り裂くことができるのに……。

まさか剣の寿命か？

火竜が俺めがけて鉤爪《かぎづめ》を振り下ろす。

自作自演だとバレないように、コイツらには俺を本気で攻撃するように命令していた。

「はぎゃぁあああっ⁉」

サッとかわして、華麗なカウンターを入れるつもりが、右肩を深くえぐられる。

血が噴き出して、激しい痛みに俺はのたうち回った。

「痛ぇええっ⁉　痛えよ⁉」

こんな、こんなハズがねぇ。

俺は常に戦場で敵を圧倒し、天才の名を欲しいままにしてきた。こんな怪我をするなんて初めてだ。

「レオン殿が、まるで歯が立たないだと⁉」

「あの冥竜王を撃退した英雄カイン・ヴァルムの再来と呼ばれたお方が⁉」

騎士たちが呆気《あっけ》に取られている。

「ちくしょっおおお！　てめぇ何をやってやがる⁉　誰がてめぇのご主人様だと思ってやがるんだ⁉　あっあーん⁉」

俺は火竜を叱りつけた。奴はビクッと身を縮ませる。

チャンスだ。俺はもう一度剣を振り上げて、その胴体に斬撃を叩き込む。

キィイイイン！

「はぁっ……？」

相手は無防備に受けたというのに、まるで歯が立たなかった。ビリビリと手が痺《しび》れる。

なんだ、コイツ……？　ただの火竜の癖《くせ》に、なんでこんなにも鱗が硬いんだ？

あ然とする俺の背中に、もう一匹の竜が爪《つめ》を食い込ませた。

「ぎゃあああ……っ⁉　死んじゃう、俺、死んじゃうよ、ママぁああ⁉」

俺は泣きながら転げ回った。地面を濡《ぬ》らす血に気が動転する。

さらに竜が追撃を仕掛けてこようとした。

「もういい、お前ら散れ！　散るんだよぉおおお！」

俺の怒声に、竜どもは慌てて逃げ散った。

「う、うぉおおっ、痛えよぉお……！」

俺は懐《ふところ》から、最高級回復薬《エクスポーション》を取り出して一気飲みする。みるみる傷がふさがり、九死に一生を得た。

「あ、危ねぇ……マジで死ぬかと思ったぜ」

なんだって今日に限って、こんなにも力が出ねえんだ。何か、病気でもしたか？

今までと違うことと言えば……。

ふと俺の脳裏に、弟のカルの言葉がよみがえった。

『レオン兄上。僕は兄上の無事を祈って、毎日、バフ魔法をかけ続けてきました。僕たちは兄弟なのに……追放なんて嘘ですよね？』

……いや、まさかそんなハズがねぇ。

奴は呪われた子供。呪文が唱えられない欠陥品だ。

そんな奴が伝説の無詠唱魔法を習得するなんてあり得ねぇし、そのおかげで俺が活躍できていたなんてハズもねぇ。

俺は当代随一の天才ドラゴンスレイヤー様だぞ。

「はっ………⁉」

その時、俺は騎士たちから白い目で見られているのに気づいた。

やべぇ。なんとか、ごまかさねぇと……。

「わはははははっ！　竜どもは俺の勇猛さに恐れをなして逃げ出したぞ！」

剣を掲げて、俺は勝ち誇った。

普段なら、ここで拍手喝采となるところだが、返ってきたのは気まずい沈黙だった。

ヒューッと、乾いた風が吹く。

「ご助勢ありがとうございました、レオン・ヴァルム殿。わたくしの目には、竜たちはあなたの命令を聞いて逃げ出したように見えたのですが……気のせいでしょうか？」

冷たい声をかけてきたのは、システィーナ王女殿下だ。彼女は護衛に手を引かれ、馬車のタラップを降りてきた。

相変わらず、かわいい。こんな状況でなければ、見惚れてしまうほどの美少女だ。

「な、な、なんのことでございましょうか……？」

冷や汗ダラダラになりながら、俺はすっとぼける。

「レオン殿の攻撃は竜に通じず、大怪我をしていらっしゃいましたよね？　お聞きしていた噂《うわさ》と、かなり違うようですが？」

「ぐっ……そ、それは。そう、訓練！　我が栄光のヴァルム侯爵家に伝わる訓練の一種です。ワザと竜の攻撃を身に受けて、身体を鍛えていたのですよ」

「……わたくしの護衛が殺されているというのに、ずいぶんと余裕がおありなんですね。感心してしまいましたわ」

王女は美しい顔を不審そうに歪《ゆが》めた。

俺は愛想《あいそ》笑いで、ごまかす。

これ以上追及されてはマズイ、早急に話題を変えなくては……。

万が一、竜どもをけしかけた事がバレたら、反逆罪で最悪、死刑なんてこともあり得るぞ。

「し、して王女殿下、我がヴァルム侯爵家にどのようなご要件でありましょうか？　不肖このレオン・ヴァルム、お迎えに参上いたしました」

「あなたの弟、カル殿がヴァルム侯爵家を追放されたと聞き及びました。とんでもない愚行です。カル殿は、わたくしの命の恩人にして、失われた無詠唱魔法の使い手。この国の将来を背負って立つ人材です。今すぐ、カル殿を連れ戻しなさい。これは命令です！」

システィーナ王女は目を吊《つ》り上げて言い放った。

「はぁあああっ⁉」

欠陥品のカルが、この国を背負って立つ人材だと？

この小娘は何を言ってやがるんだ？

あまりの衝撃に、俺は呆然《ぼうぜん》と立ち尽くした。


「美味しぃいいい⁉　えっ、なに、この肉？」

僕は肉汁のしたたるステーキに、舌鼓《したつづみ》を打った。

アルティナが僕のために用意してくれたご馳走《ちそう》の中でも、これは格別だ。こんなにうまい肉は食べたことがなかった。

「口に合うようで良かったのじゃ！　それはカルが倒した地竜がドロップした【竜の霊薬】をかけた鹿肉なのじゃ」

アルティナが手を叩いて喜んだ。

そうか、これが【竜の霊薬】の効果か。

上位竜は倒すと【竜の霊薬】という特別なアイテムをドロップする。

これは料理を美味しくする究極の調味料であり、口にした者の能力値、特に魔力量《MP》を高める効果がある。

ヴァルム侯爵家の晩餐《ばんさん》には、【竜の霊薬】を使った料理が並ぶことがあった。

無論、僕は一口も食べさせてもらえず、いつも疎外感を味わっていた。

貴重な【竜の霊薬】を魔法の使えぬ欠陥品に与える訳にはいかないと言われた。

「カルは人間とは思えぬ魔法の使い手じゃが、魔力量《MP》は低いようじゃな。【竜の霊薬】を口にすれば魔力量《MP》が高まるぞ。遠慮なく全部食べて欲しいのじゃ！」

「……これをホントに、僕が全部食べていいの？」

「当然じゃろ？　カルが討伐した地竜のドロップアイテムじゃぞ！」

「……僕が上位竜を倒したなんて、未《いま》だに信じられない」

なにしろ2年前に無詠唱魔法がひとつ使えるようになっただけで、それからずっと新しい魔法が習得できなかった。独学の限界だ。

僕の魔法の使い方は特殊なので、どうすればこの壁を突破できるのか皆目見当がつかなかった。

「その歳でこの実力だとすると。おぬしはいずれ、竜王を超える存在になるかも知れぬのじゃ」

「なんだって……？」

それはいくらなんでも大袈裟《おおげさ》すぎる気がするけど……。

「でも【ウインド】に【読心】と、さらに魔法のレパートリーが増えた。これなら母上の名誉挽回《ばんかい》もできそうだ」

「母上の名誉挽回じゃと？」

アルティナが首を傾《かし》げる。

「僕の母上は、ヴァルム家の血統に呪いを持ち込んだって、ずっと罵倒されてきたんだ。でも僕がドラゴンスレイヤーとして一流になれば、その評価は覆《くつがえ》る。母上は何も悪くなかったと、父上たちに認めさせたいんだよ」

僕の母上は、呪いを僕に遺伝させたことを謝ってばかりいた。

母上の墓前に、もう謝る必要なんかない、と胸を張って報告しに行けるようになりたい。

「おぬしは、そのために独学で無詠唱魔法を勉強してきたのか……？　くぅっ」

アルティナが僕をギュッと抱擁する。その目尻には、涙が浮かんでいた。

もしかして、涙もろい？

「よし、わらわが全面的に協力してやるぞ！　……うん、と言っても、わらわは人間の魔法は知らぬが。基礎的な魔法訓練はできるのじゃ」

「アルティナ、よかったら僕に【竜魔法】を教えて欲しいのだけど」

僕は駄目で元々で尋ねてみた。

【竜魔法】とは、竜にしか発音できない竜言語を使った魔法だ。

「ぬっ？　残念じゃが、【竜魔法】は、人間には詠唱不可能……いや、そうかカルは無詠唱魔法の使い手じゃったな！　それなら発音の必要はない。【竜魔法】が使えるやも知れぬぞ！」

　アルティナはパッと顔を輝かせた。

　無詠唱魔法の最大の利点は、ここにある。

　かつて古代人たちは、竜や精霊、天使たちの言語すら解析して、彼らの魔法を取り込み、高度な魔法文明を築いていたという。

「それじゃあ、僕に【竜魔法】を教えてくれるかい？」

「もちろんじゃとも！　じゃが、今のカルは魔力量《MP》が少なすぎて、【竜魔法】の使用には耐えられぬと思う。まずは、魔力量《MP》を増やす修行を地道にやる必要があるのじゃ」

「ありがとう。ぜひ、よろしく頼むよ。【竜魔法】を覚えて、アルティナのことも守れるようになりたいと思う」

　アルティナも聖竜王から呪いをかけられて苦しめられている。自然と母上とアルティナの姿が重なった。

　聖竜王の手下が、アルティナを狙《ねら》ってくるなら、僕がそれを阻止してやる。

　冥竜王に味方するなんて、竜狩りのヴァルム侯爵家としては絶対に許されないことだけど。
僕は実家を追放された身だ。

父上や兄上に気兼ねせず、これからは僕のやりたいこと、僕が正しいと思ったことをやるんだ。

それに僕は魔法を立て続けに習得して、魔法のおもしろさに目覚めつつあった。

魔法で今までできなかったことが実現できるようになる。それは、我を忘れるくらい楽しいことだ。

「うわぁあああああっ！　大感激なのじゃあ！　おぬし、めちゃくちゃ良い奴じゃの⁉　わらわと将来、結婚するのじゃ！　いや、今すぐするのじゃ！」

アルティナが僕に頬擦りしてきた。

「いや、僕は14歳なんで、今すぐ結婚というのはちょっと⁉」

柔らかい感触に、僕はドキリとしてしまう。

こうして、僕とアルティナとの共同生活が、始まった。

第二章　追放を言い渡した兄の前でうっかり無双してしまう

「ところで、気になっていたんだけど……ここはどこなの？」

お腹《なか》いっぱいになった僕は、周囲を見渡して尋ねた。

天井《てんじょう》にはこうこうと光を放つ、見たこともない魔導器が設置されている。本棚にはハードカバーの本が並べられ、観葉植物なども置かれていた。

不思議なのは窓が無いことだ。もしかして、地下室？

アルティナの隠れ家らしいけれど、無人島にこんな立派な家があるなんて驚きだった。

「ここは、わらわが偶然発見した古代文明の遺跡なのじゃ。機構が生きておって便利なので、そのまま使っておる」

アルティナは立ち上がって本棚から、いくつか本を取り出した。

「これらは古代文字で書かれていて、わらわには意味不明じゃ。カルにならわかるか？」

「……なんとか読めるね。発行年月日からすると、エレシア文明後期に書かれた物か」

僕は無詠唱魔法を習得するために、実家の蔵書を漁《あさ》って古代文字を研究した。そのために古代文明にも詳しくなっていた。

2000年前、人間は今よりはるかに高度な魔法文明を築いていた。だけど、その文明は神の怒りに触れて、滅び去ってしまったという。

その時代の遺産が、無詠唱魔法だ。

「【魔法基礎理論】……？」

本のタイトルから、魔導書であることがわかった。

パラパラとめくって、内容に引き込まれる。どうやら、魔法術式に組み込まれた魔法文字が、どういった現象を引き起こす要因になっているかを書き記した書物であるらしい。

僕は興奮を抑えられなかった。

「これはスゴイ書物だよアルティナ！　世紀の大発見かも知れない！」

どの魔法文字がどんな現象を引き起こすのかがわかれば、魔法を改良したり、新しい魔法を創造するのに役立つ。

この魔導書は古代文明の英知そのものだ。

「本当か!?　よくわからぬが、カルに喜んでもらえて、うれしいのじゃ！」

「他にはどんな本があるんだろう？　ちょっと調べさせてもらっていい？」

「ここはカルの家でもあるのじゃ。遠慮なく見るがいい。わらわの物はカルの物じゃぞ」

本棚を漁ってみると、【魔法基礎理論】が53巻まであった。

一般的な魔法文字だけでなく、精霊言語、竜言語、魔族言語、天使言語《エノク語》といった人間以外の種族が使う特殊な魔法文字まで網羅されていた。

すごいなんて、ものじゃないぞ。

『無詠唱魔法の本質とは、詠唱の省略ではない。人間の声帯では発音不可能なあらゆる魔法言語を使用できることにある。詠唱魔法とは、魔法初心者向けの技術にすぎないのだ』

と、1巻のまえがきにあった。

もしかして、この遺跡は古代の魔法研究施設か何かだったのかな？

よし、これから毎日【魔法基礎理論】を読み漁るとしよう。

ああっ、今からワクワクが止まらないなぁ。

ただ、この書物だけでは、別種族の魔法をマスターするのは不可能だと思う。魔法文字の意味が理解できても、発音がわからない。

【竜魔法】を習得するためには、アルティナから竜言語の発音を教えてもらう必要があるな。

他に本棚を埋めているのは娯楽小説だった。

「これらの小説は、わらわが買い集めた物じゃ。人間は実におもしろい物語を作るのう。こんなすばらしい生き物を滅ぼそうとは、聖竜王はおかしいのじゃ！」

アルティナが絶叫する。

まさか、アルティナが人間の味方なのは、小説が読みたいからか……？

「……ふうん？」

パラッと読んでみると、主人公が異世界に行って活躍する冒険小説が多かった。

この手の娯楽小説は、子供の頃、母上に読んでもらったことがある。ちょっと懐かしいな。

「へぇ……これはおもしろそうだな。あとで、僕も読んでみよう」

「本当か⁉　うぉおおお！　やったのじゃあ！　わらわの初めての同志ができたのじゃ！」

アルティナが、ずいっ！　と、鼻息も荒く僕に美貌を寄せる。

って、距離が近すぎる。吐息がかかりそうな距離だ。

「わらわのオススメはコレ！　挿絵がエロかわいくて最高で、わらわ好みの美少女がたくさん出てくるハーレム物じゃ。特にヒロインのラニちゃんが、かわいくてハァハァするぞ！」

アルティナが書物を開くと、半裸のメイド美少女が涙目になっているイラストが描かれていた。

「おわっ⁉　な、なんだこれ……？」

ちょっと僕には刺激が強すぎた。

最近は、こんな小説が市場に出回っているのか？

「これこそ世界最高の文学じゃ。あまりにもおもしろくて、16巻を一気買いしたぞ」

「そ、そんなにたくさん出ているんだ⁉」

「よし、寝物語にわらわがこのすばらしい小説を朗読してやるのじゃ！」

「それはさすがに結構なんで……」

なにやら熱く語ってくるアルティナを引き剝《は》がして、家の中を探索してみる。

他には風呂場《ふろば》とトイレ、キッチンがあった。

どういう仕組みになっているのか、ボタンを押すと水が流れる。これには非常に驚いた。

「その水は飲めるのじゃ！　あと、コッチのボタンで、お湯も出るぞ！　ほら温かいじゃろ？」

「なんだって……？」

「温度調整もできるぞ！　ボタンを押して、5分でお風呂に入れるのじゃ」

なんだ、この非常識な便利施設は？

王宮ですら、ここまで凝った上下水道なんて完備されていない。

召使《めしつか》いが井戸で水汲《く》みをし、薪《まき》でお湯を沸かすものだ。

「このお湯は、もしかして魔法で沸かしているのかな？　どうやって瞬時に適温に？　魔力の供給は……？」

頭を捻《ひね》るが現代の魔法文明では、どう考えても不可能だった。

「ふふふっ！　あとで、一緒にお風呂に入ろうのう！　それと、こっちは冷蔵庫じゃ！」

アルティナが案内してくれたのは、ヒンヤリと冷たい空気に満たされた食料貯蔵庫だった。

「ま、まさか、魔法で食料が腐らないように、温度を下げているのか？　しかも恒常的に……？」

「詳しい仕組みは、わらわにもまったくわからん！」

温度は高くするより、低くする方が難しい。また、魔法とは一時的効果をもたらすのが常で、効果を維持し続けるような魔導具は、作ることができなかった。

これは興味深い施設だな……使われている魔法技術について、徹底的に研究してみる必要があるかも知れない。

しかし、冷蔵庫の肝心の中身は、ほぼ空っぽだった。

果物などが、申し訳程度に置いてあるだけだ。

「外は聖竜王の手下がうろついておるので、食料を探しに行きづらいのじゃよ。場所は特定されておらぬが、この島にわらわの隠れ家があることはバレておるからな。あっ、出口はこっちじゃぞ」

推測通り、ここは地下らしく出口は階段を上った先だった。

「出入り口は岩に偽装されておるから、まず発見されぬぞ。じゃが、外には極力出ないことじゃな。わらわのストーカーがしつこくてな。おかげで、小説の新刊も買いにいけん。はぁ～っ」

アルティナがガックリと肩を落として、溜《た》め息《いき》をつく。

「一応、キノコの栽培などを家の中でしておるから、完全に飢えることはないが。キノコばかりで夢に見そうじゃ……」

「……なるほど」

僕を歓迎するために、アルティナが貴重な食料を大盤振る舞いしてくれたのには、改めてじ～んときた。

だけど、食料事情が悪いのは大問題だ。それに血眼《ちまなこ》になって、敵がここを探しているなら、見つかるのは時間の問題だろう。

悠長にはしていられない。早急に力をつけないと……。僕は決意を新たにした。

とりあえず【魔法基礎理論】は、一週間で全巻読破しよう。

「よし、では一緒にお風呂に入るとするかの？　わらわが背中を流してやるのじゃ」

アルティナが不意打ちのようにすり寄ってきた。

「ぶぅううっ⁉　いくら家族でも、それはダメだって！　前にも言わなかった？」

女の子に免疫が無い僕は、想像しただけで、鼻血が吹き出そうになる。

「ぷっ、何を想像しておるのじゃ……？　湯着を身に着けてに決まっておろう？」

アルティナがワンピース水着のような薄手の服を取り出して、笑った。

彼女は僕の反応を見て、楽しんでいるようだった。

「えっ、そんなものがあるの？　なんだそれなら……」

うれしいような残念なような複雑な気分になる。

「あと、ベッドはひとつしかない故に、わらわと毎晩一緒に寝るのは確定じゃぞ。あっ、床に寝るとかはなしじゃからな。そんなことは、絶対に許さんのじゃ」

アルティナが胸を張って宣言した。

《兄レオン視点》

「システィーナ王女殿下、カルを連れ戻せとは、一体どういうことでございましょうか？　アレは魔法が使えぬ欠陥品でございますが……」

父上は応接室に招いたシスティーナ王女に、困惑気味に尋ねた。

てっきり王女は俺《おれ》との縁談を進めるためにヴァルム侯爵家を訪れたと思っていた父上は、仰天していた。

俺も訳がわからねぇよ……。

計画通りにことが進めば、システィーナ王女は俺に惚《ほ》れ抜いて、午後は楽しくデートのハズだったのに。

俺は15歳にしては大きい王女の胸に視線を釘付《くぎづ》けにして、歯軋《ぎし》りしていた。

「実は叔父様が王位を狙《ねら》って、わたくしを亡き者にしようとしていました。カル殿は、わたくしの身を案じてバフ魔法をかけてくださったのです。その効果はすさまじく、わたくしは暗殺者の凶刃《きょうじん》から逃れることができたのですわ」

「そ、そんなことは初耳でありますぞ！」

普段は豪胆な父上が、驚愕《きょうがく》していた。

俺もシスティーナ王女が命を狙われていたことを初めて知った。

それに、カルのバフ魔法だって？　あいつは無詠唱魔法を習得したとかほざいていたが、ただの妄想だと思って相手にしなかった。

それが王女の命を救うことに繋《つな》がっていたっていうのか？　そんな、バカな！

「それはそうですわ。ことは王家のお家騒動にまつわる話。叔父様に手の内を明かさないためにも、このことは極秘にしていました。

しかし、先日、叔父様に暗殺の動かぬ証拠を突きつけ、王位継承権を剝奪《はくだつ》。地下牢《ろう》に幽閉しました。よって、ようやく事件のてんまつを公にできるようになったのです」

システィーナ王女は、口惜《くや》しさに唇を嚙《か》んだ。

「わたくしの命を救ってくれた小さな勇者。カル殿にようやく報いることができると思って喜んでおりましたのに……。

独学で無詠唱魔法を復活させてしまったほどの天才を、こともあろうに竜の巣食う無人島に追放するなんて。呆《あき》れて物も言えませんわ！」

「はぁっ!?」

「まさか……本当にカルは無詠唱魔法を習得していたのですか？」

父上が声を震わせる。

俺もまったく、訳がわからない。

この王女様は、何を言っているんだ……？

「ヴァルム侯爵殿は、わたくしが嘘《うそ》をついているとでも？　わたくしはレオン殿との縁談のためにこの地を訪れた際に、カル殿にお会いしました。

カル殿はわたくしの様子がおかしいことを察し、何か悩みごとがあるのでは？　と尋ねました。身内に裏切られ、ちょうど精神的に追い詰められていたわたくしは、命の危険にさらされていることを漏《も》らしてしまったのです。

するとカル殿はわたくしに【筋力増強《ストレングス・ブースト》】の魔法をかけてくださいました。そして、非力なわたくしは暗殺者を一撃でノックアウト。自分でも驚きましたわ」

そこまで聞いた俺は、心臓が凍りついた。

ま、まさかカルの言っていたことは、本当だったのか？

2年くらい前から俺の筋力は驚異的に伸びて、並のドラゴンなら一撃で倒せるほどのパワーを手に入れた。

おかげで周囲から冥竜王を撃退した大英雄カイン・ヴァルムの再来だと、もてはやされた。

そ、それが、まさかあのカルの野郎のおかげだとしたら……。

「知っての通り聖竜王エンリルが、各国に戦争を仕掛けてきています。わたくしは次期王位継承者として、これに対抗するため古代魔法の研究に力を入れることにしたのです。

カル殿を魔法講師として宮廷にお招きし、伝説の無詠唱魔法を広めていただきたいと考えておりましたのに……」

システィーナ王女は、怒気のこもった目で父上を睨《にら》みつけた。

「今すぐ、カル殿を無人島から連れ戻しなさい！　それが叶《かな》わないなら、レオン殿との婚約はなかったことにさせていただきますわ！　これは我が国の……いいえ、人類の未来を決定する一大事ですよ！」

「そんな無茶な⁉　あの島には、古竜が……！」

俺は思わず口を滑らせた。

「古竜ですって？　どういうことですか⁉」

「……レオンよ。説明せよ」

「はっ。俺の飛竜が、あの島に近づいた時、古竜がいるとの警告を発しました。飛竜どもを使って調査したところ、聖竜王の配下の古竜が、手勢と共にあの島に巣食っているようです」

竜にとって、人間の子供はご馳走《ちそう》だ。

さらには、俺は上空からカルを投げ捨てた。そんな状態では、カルはまず生きてはいないだろう。

捜索なんぞ、無意味だ。

「なんですって⁉　それが事実なら、民に被害が及ばぬ前に、早急に古竜を討伐せねばなりません。カル殿の捜索と古竜の討伐、両方を申し渡します」

「わかりました。システィーナ王女殿下。その任務、お引き受けいたします。我が息子レオンは、大英雄カイン・ヴァルムの生まれ変わりとも言える傑物。必ずやご期待に添えるでしょう。レオンよ、頼んだぞ」

「はっ……！」

父上は王女の依頼を、俺に振った。

こ、これはマズイことになったぞ。

古竜なんぞに今の俺が遭遇したら、多分、１００％死ぬ。

カルもくたばっているだろうし、どちらの任務も達成不可能だ。

だが、仮にも王女からの依頼だ。断るなんてことは、できねぇ。

「も、も、もちろん。かなりの手勢を用意していただけるのですよね。父上？」

「何を言っておるのだ？　ここで一皮剝《む》けるためにも、単騎での古竜討伐に挑戦してみるがよい。お前の名は世界中に轟《とどろ》くことになるだろう」

「そ、それはいくらなんでも……！」

父上は声を潜めて、俺だけに聞こえるように付け加える。

「ここで手柄を立てれば、システィーナ王女殿下の覚えもめでたくなる。王女殿下との婚姻が現実に近づくのだぞ。

なに、大丈夫だ。金に糸目をつけず最高級回復薬《エクスポーション》を大量に用意してやる。お前なら、必ず勝てる」

「い、いや！　古竜の他にも敵がいるようです！　優秀な竜騎士を最低でも10名はいただきとう存じます！」

俺は必死になって訴えた。

「……なに？」

父上は訝《いぶか》しげな顔をする。

俺は慌てて、まくし立てた。

「カルの捜索は、飛竜を向かわせてすぐに行いますが！　古竜討伐には、入念な準備が必要です！　念には念を入れますので、２週間ほど時間をいただきとう存じます！」

今の俺の力がどの程度なのか調べるのと、金に物を言わせて魔法のアイテムをかき集める必要があった。

最高級回復薬《エクスポーション》だけじゃ足りねぇ。強力な攻撃系アイテムも取り揃《とそろ》えなくては……。

とにかく、俺はまだ死にたくない！

「……獅子《しし》は兎《うさぎ》を狩るにも全力を尽くすという。油断せぬのは良いことだ。期待しておるぞ、レオンよ」

「はっ！」

父上は俺の内心などつゆ知らず、期待に満ちた目を向けた。

「ありがとうございますわ。カル殿の捜索は、今ならまだ間に合うはずです。わたくしは、どうしてもカル殿にご恩返しがしたいのです。よろしくお願いしますわ。あの小さな英雄を助けてください」

システィーナ王女は満足そうに微笑《ほほえ》んだ。

クソ王女が無理難題を押し付けやがって。

俺は心の中で、毒を吐いた。

何がご恩返しがしたいだ、てめぇの善人アピールと自己満足に付き合う身にもなってみやがれ。

そもそも、この俺が好きになってやってるのに俺を好きにならないなんざ、おかしいだろう!? レオン様に抱かれたいって、泣いて喜べよ！　それが、ふつうだろう？

どこまでも輝いていた俺の未来に、暗雲が垂れ込めはじめていた。

くそぅ、なんとかしなくちゃならねぇ……。

僕は朝起きると、さっそく日課にしているバフ魔法の発動を行った。

今までは、レオン兄上に対して行っていた。今日からは新しい家族となったアルティナの無事を祈って、彼女の肩に触れる。

さすがに食料不足が深刻で、今日は食料を探しに行くのだそうだ。

「……ぬぉ!? これは筋力強化バフか？ 嘘みたいな増強率じゃな」

朝食を食べ終わったアルティナが、目を丸くした。

今日の朝食は、この地下遺跡で栽培しているキノコ炒《いた》めだ。

「もしかして、あまりパワーアップを感じられない？ システィーナ王女は僕に気遣って、スゴイと言ってくれたのだけど……兄上はあまり恩恵を感じてくれていなかったみたいなんだよね」

「なんと逆じゃよ。逆！ ……まったく、これほど強力な魔力を秘めておるとは」

アルティナは僕をやる気にさせるために大袈裟《おおげさ》に言ってくれているようだ。

さすがに2代目冥竜王から見たら、僕の魔法なんて児戯なんじゃないかと思う。

「しかし、魔力量《MP》を限界まで使い切ったのは、なぜじゃ？」

アルティナが首を捻《ひね》った。

「魔力欠乏症で倒れる一歩手前まで、魔法を使えば魔力量《MP》が増えるからだよ。これは魔力量《MP》をアップさせる修行も兼ねているんだ」

僕はバフ魔法を覚えてから、毎日、これを続けてきた。

しかし、思うように魔力量《MP》が増えなくて、壁を感じていた。魔力回復薬《マジックポーション》があれば、もっと効率を上げることができるかも知れないけど……。

「それは確かにそうじゃが。魔力量《MP》のアップを狙うなら、効率が悪いのじゃ。あっ、もしかして、それが人間の魔法使いの常識なのか？」

「えっ、ドラゴンの修行方法は違うの？」

僕は仰天した。

このやり方は、父上たちの魔法訓練を見てマネたものだ。

ヴァルム侯爵家の修行方法が、まさか間違っている？

「ぜんぜん違うのじゃ。よし、わらわが母様から教わった修行方法を教えるのじゃ。大地に満ちる魔力を吸収して、体内の魔力量《MP》を高める【大周天《だいしゅうてん》】じゃ」

アルティナはそう言って、その場にあぐらをかいて座り、瞑想《めいそう》のポーズを取った。

これはありがたい。

さっそく僕もアルティナのポーズをマネして、鏡写しのように座る。

「まず胸のあたりに、魔力の塊を作るのじゃ。それを体内でグルッと一周させてから、足から大地に流し、大地から再び体内に取り入れるのじゃ。これを毎日グルグル繰り返せば、早ければ1ヶ月ほどで【竜魔法】を使えるだけの魔力量《MP》を得ることができようぞ」

「ありがとう、さっそくやってみるよ！」

「わらわは、食料探しに行ってくるのじゃ。なに安心せい。カルのバフ魔法のおかげで古竜ブロキス以外の敵なら、楽に返り討ちにできそうじゃ」

この島にやってきている古竜ブロキスは、古竜の中でもかなり強い部類らしい。当面はこの古竜ブロキスを撃退することが目標だな。

「……できれば、食料探しは僕が行った方がいいと思うけど、駄目かな？　アルティナを危険な目に遭わせて、家で待っているというのは気が咎《とが》めるんだよね」

「なんとっ！　うれしいことを言ってくれるのう！　じゃが、力を封じられたとはいえ、わらわはこの世でもっとも邪悪なドラゴンである冥竜王なのじゃ。心配無用ぞ、安心して待っておれ」

アルティナは頬《ほお》をうれしそうに上気させた。

「わかった。じゃあアルティナを守れるように、一刻も早く【竜魔法】を使える域まで魔力量《MP》を高めるよ」

「うぉおおおっ⁉　おぬし、わらわを悶《もだ》え死《じ》にさせるつもりか⁉　カルと1秒でも長く一緒にいたくて、お外に行きたくなくなるではぬぁいかぁああ⁉」

奇声を上げて、アルティナは僕にしがみついて頬擦りしてきた。

アルティナは小柄だけど、かなり胸が大きい。僕は思わず赤面する。

「ちょっとアルティナ！　当たっている、当たっているってば⁉」

「はっ！　うれしすぎて、つい我を忘れてしまいそうになったのじゃ！」

アルティナは僕から、名残り惜しそうに離れた。

「カルはまだ14歳じゃろ？　気兼ねなくわらわに甘えると良いのじゃ。カルの幸せこそ、わらわの幸せなのじゃぞ」

両手を広げて、アルティナはとてもうれしいことを言ってくれた。


夕方、アルティナは小型の飛竜を一匹捕まえて帰ってきた。

他にも背負ったバックパックに、木の実や果物を満載していた。

「カルのバフのおかげじゃな。地上から岩を投げて撃ち落としてやったのじゃ！」

アルティナは飛竜の尻尾《しっぽ》を摑《つか》んで、引きずって家の中に運び入れる。

可憐《かれん》な少女がそんなことをしている光景は、なんともシュールだった。

「あれっ、この飛竜って確か……」

僕は目を回してグッタリしている飛竜に見覚えがあった。レオン兄上の配下の飛竜だ。

「なぜ、この島に？　ああっ、もしかして、古竜の調査に来たのかな？」

古竜が近くの無人島に巣食っているとなれば、王国も放置できないだろう。

「今から解体して、ドラゴンステーキにするのじゃ！　飛竜は食用としても、うまいのじゃぞ」

アルティナが張り切って、腕まくりする。その言葉に飛竜が目を覚まして、慌てて逃げようとした。

「こらこら、逃げるでない」

しかし、アルティナがガッチリと尻尾を掴んで離さない。

「あっ、いやいや。この子は知り合いなんで、かわいそうだよ。放してあげて欲しいな」

もがいていた飛竜が、僕の一言に目を輝かせた。

「なぬ……？　しかし、この場所を知られてしまったぞ。コヤツの口から、隠れ家の場所が漏れては困ったことになるのじゃ」

「確かに……いや、待てよ」

僕の読心魔法なら、飛竜の心の声も聞けるハズだ。

ドラゴンをテイムするやり方は教わっていないけど、交渉して僕の味方になるように説得することができるんじゃないか？　試してみよう。

『うぉおおおん！　カル様、殺さないでください。なんでも言うことを聞きます。手下にさせていただきますから！　お願いします！』

読心魔法を発動させると、飛竜の心の声が聞こえてきた。

飛竜は泣きながら、必死に頭を垂れる。

「なんじゃ。簡単に主《あるじ》を裏切るとは、情けない飛竜じゃのう。カルの配下にふさわしいとは思えぬが？」

アルティナにも言葉が伝わっていたようで、彼女は憮然《ぶぜん》とする。

『め、めめ、冥竜王様！　それなら【主従の誓約】を！　もしカル様を裏切ったら、命を差し出すと約束します！』

飛竜はアルティナの素性を理解しているようだった。怯《おび》えまくっている。

「ふむ？　誓約による絶対服従か。そこまでの覚悟なら……まあよかろう」

アルティナは納得したとばかりに頷《うなず》いた。

「アルティナ、誓約って？」

「我ら竜王は『腹心に対して、もし裏切ったら命を奪う』という魔法による誓約を課すのじゃ。双方合意の上の呪《のろ》いの一種じゃな。この誓約を交わした者なら、信用して側におけるという訳じゃ」

なるほど、それなら裏切られる心配はまったくない。

「ステーキにしてやろうかと思ったが、カルに忠臣をプレゼントするのも良いのじゃ。おぬし、名前は？　さっそく誓約を交わそうぞ」

『はっ、は、はい！　あっしはアレキサンダーと申します！　あ、あの、よくわからないのですが、冥竜王様とカル様は、どういうご関係で……？』

「わらわは、カルの妻兼、母親じゃ。よく覚えておくのじゃぞ」

なんだそれは……。

飛竜アレキサンダーも困惑した様子だったが、必死におべっかを使う。

『つ、つまりは、カル様は冥竜王様の一族ということですね！　わかりました。これからは、このアレクサンダーをおふたりの配下として、こき使ってください！』

「うむ。殊勝な心がけじゃな」

アルティナはこういうやり取りに慣れているようで、鷹揚《おうよう》に頷く。

「飛竜が配下になってくれたら、食料探しもはかどりそうだね。ありがとう、よろしく頼むよ」

まさか、僕が飛竜を配下にする日がくるとは思わなかった。

アルティナが【竜魔法】による誓約をアレキサンダーと交わす。どす黒いオーラのようなモノが、アルティナから溢《あふ》れだして、アレキサンダーの口に吸い込まれていった。

「誓約は成ったのじゃ。今日からおぬしは、死す時までカルのために尽くすのじゃ。その代わり、この冥竜王アルティナが、おぬしを庇護《ひご》すると約束しよう。これからは冥竜王の眷属《けんぞく》を名乗るがよい」

『はぃいいい！　身に余る光栄！　ありがたき幸せです！　これからはレオンではなく、カル様をご主人様とお呼びいたします！　そうそう、レオンからカル様を探してこいと命令されていたのですが……』

「レオン兄上が……？　どういうことだろう？」

『さあ？　あっしにも理由までは……とにかくカル様を見つけ出せ。古竜の偵察をしてこいということでした。

　古竜の近くを飛び回れなんて恐ろしくて、寿命が縮む思いでしたよ』

「今さら僕に戻ってこいということ……？」

　意味不明だった。父上も兄上も僕を捨てたハズだ。

「僕はヴァルム家、もう戻るつもりはないんだけどな……下手に捜索などされて、アルティナの存在がバレたら厄介なことになりそうだ」

「ぬぉお！　わらわのことまで考えてくれるとはありがたいのじゃ！　確かに竜殺しのヴァルム家などに目をつけられては、困ったことになるからのう」

　アルティナは身をすくめた。

「うん。それこそ、力を封じられた冥竜王を倒して名声を得ようなどと、レオン兄上や父上なら考えると思う」

　アルティナのためにも、実家に僕の捜索を断念させる必要がある。

「そうだ。僕の上着を遺品として持って帰って、僕は死んだと報告してくれないか？　アレキサンダーの爪《つめ》で引き裂いて、獣の血をつけて偽装すれば、それっぽく見えると思う」

『はい！　わかりました、お安い御用です！』

アレキサンダーが頷く。

僕の家族はアルティナだ。もう実家には何の未練もなかった。

《兄レオン視点》

「ああっ……まさか、そんな……カル殿が亡くなってしまったなんて！」

システィーナ王女は、カルの遺品として差し出された上着を前にして泣き崩れた。

俺の飛竜アレキサンダーが、例の無人島で拾ってきたボロ布だ。竜の爪に引き裂かれたような原型をとどめておらず、血痕も付着していた。

まず確実に、カルは竜に襲われて死んだな。

ちっ、もし生き残っていたら、俺の古竜退治に協力させようと思っていたのに。使えねぇ野郎だぜ。

「王女殿下、残念な結果となりましたが。竜と戦って敗れたのなら、カルは名誉の戦死というものです。何も悲しむことはありません」

　俺はシスティーナ王女に慰めの声をかけた。

「それよりも、気晴らしに今日はこれから俺と演劇鑑賞など、いかがでしょうか？　俺のご先祖様カイン・ヴァルムの英雄譚《たん》です！」

　女を落とすには精神的に弱ったタイミングこそ狙い目だ。

　今日こそ、王女との初デートを決めてやるぜ。ヒャッハー！

　俺はとりあえず古竜退治の難題は棚上げして、楽しむことにした。視線は王女の巨乳にロックオンだ。

「それはいい！　いかがでしょうか王女殿下、ぜひとも我が息子レオンとの縁談を前向きに検討していただきたく。古竜討伐に成功したあかつきには、内外に婚約発表を……」

　システィーナ王女は父上のセリフを手で遮《さえぎ》った。

　そして泣き腫らした目で、俺たちを睨みつける。

「……わたくし、やっと理解しましたわ。この身を引き裂かれるような感情。カル殿を想《おも》うと、胸が締め付けられて息もできないようなこの気持ちは……恋だったのですね」

「はぁ……っ？」

　な、何を言っているんだ、このお姫様は？

　俺と父上は揃ってあ然とした。

「ヴァルム侯爵ザファル殿。残念ですが、レオン殿との婚約の話は、破棄させていただきます。わたくしの愛するカル殿を、無残にも古竜の巣食う無人島に置き去りにしたヴァルム家との縁談など、金輪際《こんりんざい》お断りですわ！」

「なっ⁉　し、しかし、それでは王女殿下……⁉」

「お黙りなさい！　もし王家と婚姻関係を結びたいとおっしゃるなら、カル殿を連れてきなさい。カル殿となら、わたくしは喜んで婚約いたしますわ！」

システィーナ王女は怒り心頭で、テーブルを叩《たた》いた。

「何が名誉の戦死ですか⁉　気晴らしに演劇鑑賞？　あなた方はとんだ冷血漢です。恥を知りなさい！」

や、やべぇ。完全に感情的になってやがるぞ。

それにしても、この俺がせっかくデートに誘ってやったのに、カルに恋しましたとはこのクソ姫、どういう了見だ？

この俺より、カルの方が男として優れているとでも言いたいのか？

「王女殿下、しかしカルは呪い持ちの呪われた身で……もし婚約などしたら王家に呪いがうつります！　俺の方が、王女殿下の夫によっぽどふさわしいと思いませんか？」

腹が立つが、ここはなんとかなだめねぇとヴァルム家の面目は丸潰《まるつぶ》れだ。

俺は渾身《こんしん》の口説き文句をかけた。

「あなたが……？　ご冗談でしょう！　わたくしのカル殿を悪し様《あざま》に言うなんて、許せませんわ。わたくしを救ってくれた彼こそ、真の勇者です！」

だが、システィーナ王女は怒りに拍車をかけた。

「不愉快です。わたくしは帰ります！」

「お待ちください。我が息子、レオンは必ずや古竜を討伐してみせます！」

父上は慌てて、王女を引き留めた。

「そのあかつきには、レオンとの縁談を、なにとぞ、なにとぞ、ご再考いただきたく！　聖竜王の脅威がある現在、ヴァルム家は王国にとって必要不可欠な存在のハズです」

「……そ、それは確かにそうですが」

システィーナ王女はいくぶんか、冷静になったようだ。

それは、そうだ。一体、誰《だれ》のおかげでこの王国が保たれていると思ってやがる。この俺様の、ヴァルム家の活躍のおかげだぞ。

「わかりましたわ。では、もしレオン殿が古竜討伐に失敗したら、その時は、正式に婚約を破棄させていただきます。よろしいですわね？」

「ありがたき幸せ！　聞いたなレオン。必ずや古竜討伐を成功させるのだぞ」

「はっ……！」

威勢よく返事をしながらも、俺は胃に穴が開きそうだった。

目をそらしていた難題が、重くのしかかってきた。

カルのバフ魔法がなくなった今、俺はもう以前のような力を発揮することができねぇ。

だが、今さらできませんなどとは、口が裂けても言えなかった。そんなことをしたら、王女との婚約破棄どころか、ヴァルム家そのものがおしまいだ。

「……期待しておりますわよ。レオン殿」

システィーナ王女が蔑んだ笑みを投げてくる。

「お父上にここまで大見得を切らせて、失敗するなどということは、万が一にもあり得ませんわよね？」

「はっ、も、もちろんです！」

こ、この女、俺が失敗すると思っているな……。

準備期間として与えられた残り12日あまりで、なんとか古竜を倒せる算段をつけねぇと……。お、俺は破滅だ。

俺は内心、頭を抱えた。


「よし、このあたりがよさそうじゃな」

森の茂みに身を隠して、アルティナが告げた。

アルティナの隠れ家にやってきて、早くも2週間が経《た》っていた。

その間、僕は魔力量《MP》アップの修行を毎日、地道に続けた。

「おぬしは、本当に努力家じゃのう。もう、基本的な【竜魔法】を使えるほどの魔力を得るとは……正直、驚いたのじゃ」

『はい！　カル様は本当にスゴいです！』

空から周囲を警戒していた飛竜アレキサンダーが咆哮《ほうこう》を発した。

彼が仲間に加わってくれたおかげで、聖竜王の手下に発見される危険はかなり減った。飛竜の索敵能力は、ずば抜けている。

食料探しもアレキサンダーが手伝ってくれるので、助かっていた。

「アルティナの力になるためにも、一刻も早く【竜魔法】を覚えたかったからね」

なにより、強大な【竜魔法】を覚えられることにワクワクしていた。人間の使う魔法は【竜魔法】の下位互換的なモノだ。

「ぐうっ……！　わらわは大感激なのじゃ！」

アルティナはうれし涙を拭った。

「よし、ではさっそく基礎魔法【竜王の咆哮《ドラゴンシャウト》】を伝授するのじゃ。よく見ておるのじゃぞ」

僕に聞こえるように朗々と呪文を唱えると、アルティナは雄叫《おたけ》びを上げた。

グオオオォォォォン！

一瞬、アルティナの背後に、巨大な黒竜の威容が見えた。僕は恐怖のあまり、気絶しそうになる。

鳥たちが恐慌をきたして一斉に空に飛び立った。

「これは咆哮を聞かせた相手の恐怖心を煽《あお》って、恐慌状態にさせる精神干渉系の【竜魔法】じゃ。これを喰《く》らわせると、たいていの者は気絶するか、恐怖で動けなくなるのじゃが。大丈夫かの？」

「ア、アルティナって、やっぱり冥竜王の化身なんだね……かなり驚いた」

「いや、カルの精神干渉プロテクトも、相当じゃぞ。この至近距離でわらわの咆哮を受けたら、ふつうは気絶するのじゃ」

読心魔法を防ぐための防御魔法【精神干渉プロテクト】もここ数日、鍛えていた。万が一にも、アルティナに心の中を覗《のぞ》かれたら、超絶恥ずかしいからだ。

これは精神干渉系統の魔法、全般に効果がある。

「でも、こんな大声を出して大丈夫？　聖竜王の手下に見つかるんじゃ。念のために移動しよう」

この島は大都市がすっぽり入るくらいの大きさだ。それなりに広いため、近くに敵がいなければ、大丈夫だとは思うけど。警戒しておくにこしたことはない。

「心配する必要はないのじゃ。これは制御可能な魔法じゃぞ？　【竜王の咆哮《ドラゴンシャウト》】が聞こえるのは、この近くの半径10メートルほどに限定したのじゃ。効果範囲や音量などは、調整ができるのじゃ」

アルティナは誇らしげに胸を張った。

「へぇ〜っ……確かに、詠唱の第三節の抑揚を変えれば、音量が調整できそうだね」

今のアルティナの詠唱と魔導書【魔法基礎理論】を読んで得た知識を元に、推察した。

「なぬ？　一度、聞いただけで、そんなことがわかるのか……？」

アルティナは驚いて目を瞬《またた》く。

「つくづく恐ろしい才能じゃのう。では、もしかすると気づいておるかも知れぬが、この魔法には欠点があるのじゃ。

それは自分より強い敵には、効きにくいということじゃ。格下と戦わずに退けるための魔法じゃな」

「強大な竜王が使ってこそ、最大の効果を発揮するということだね」

今の僕だと、多分、あまり効果を発揮しなさそうな魔法だ。

「だけど、鼓膜を破るほどの大声で敵の気を逸らしたり、魔法詠唱の集中を妨害したりといった使い方はできそうだ。応用範囲は、だいぶ広そうだね」

「……な、なるほど。そんな使い方もできるのう。気づかなかったのじゃ」

アルティナは感心した様子で、頷いた。

それからアルティナは、詠唱に必要な呪文をゆっくり何度も教えてくれた。

あとはこれを、頭の中で再現して術式を編めば、無詠唱で使えるハズだ。

とりあえず、スライム相手に練習してみようかな。

「ぎゃぁあああ！　助けて助けてくださいにゃ！」

その時、涙目の猫耳少女が、茂みをかき分けて現れた。脱兎《だっと》のような勢いで、何かから逃げている。

「待て！　大人しく生け贄《にえ》になれなのにゃ！」

彼女を追いかけて、凶悪そうな人相の猫耳獣人たちが現れた。

「はっ、なんじゃ、こやつら⁉」

慌てた猫耳少女は、アルティナと衝突しそうになって、すっ転んだ。

事情はよくわからないけど、追っ手は生け贄とか物騒なことを叫んでいる。放ってはおけない。

一瞬の判断で、僕は猫耳少女を助けることにした。

「【竜王の咆哮《ドラゴンシャウト》】！」

魔法を発動させると、耳をつんざく咆哮が轟いた。ビリビリと空気が震える。

「にゃにゃーん⁉」

猫耳少女がうずくまり、追っ手の猫耳獣人たちは目を見開いて失神した。

「あ、あれ、みんな気絶してしまったのにゃん？」

猫耳少女は呆《ほう》けた顔をする。

「すごいのじゃ。もう【竜王の咆哮《ドラゴンシャウト》】をモノにしてしまったのか⁉　しかも、効果対象をこやつらだけに限定したのじゃな⁉」

アルティナが感嘆の声を上げた。

【魔法基礎理論】を深夜まで読んで、【竜魔法】について勉強していたおかげだ。

実際のところ、狙い通りに発動できるかは未知数だった。

「基礎魔法だったから、なんとか即興でできたよ」

「基礎魔法といっても……わらわは1ヶ月は、使いこなすのに時間がかかったのじゃが……」

アルティナはなにやらショックを受けた様子だった。

僕は猫耳少女に手を差し伸べる。

「キミ、大丈夫だった？」

「あ、ありがとうございますにゃ！　おかげで助かりましたのにゃ！　今のは、魔法ですかにゃ？　すごかったのですにゃ！」

猫耳少女がキラキラした尊敬の眼差《まなざ》しを向けてきた。

「見たところ、同族から襲われていたみたいだけど。よかったら理由を教えてくれないかな？」

僕は頭を掻《か》きながら、猫耳少女に尋ねた。彼女は露出度の高い毛皮の服を着ていて、目のやり場に困る。

思えば、この島のことは何も知らなかった。アルティナも引きこもっていて、島については詳しくない。

先住民であるこの娘から、情報を聞き出せればと思う。

「はいですにゃん！　ミーナは村の決定で、竜への生け贄にされることになったのですにゃん。それでミーナは、お父さんにこっそり逃がしてもらったのですにゃん！」

猫耳少女は思いつめた顔で訴える。この娘はミーナというらしい。

「竜の生け贄じゃと？　……まさか、おぬしの村は聖竜王の支配下に入れられたのか？」

「はいですにゃ！　2週間くらい前に、態度も身体も大きい3匹の竜がやってきたのにゃ。それで、我らの主は聖竜王様だ。言うことを聞かないとミーナたちを皆殺しにすると、脅してきたのにゃ！」

「……うわっ。ひどい話だな」

だいたいの事情はわかった。

問題は奴《やつ》らが何のために、ミーナの村を支配下に入れたかだ。

「もしかして、冥竜王アルティナの隠れ家を探し出せとか、命令されなかった？」

「ええっ⁉　なんで、わかったのですにゃん⁉」

ミーナが尻尾をピンと立てて驚く。

「そういうことか。厄介じゃのう。奴ら人海戦術に出たのじゃな……」

アルティナが腕組みして唸《うな》った。地理に明るい先住民が敵に回ったのは痛い。

「……このままじゃ、いずれ隠れ家がバレてしまうだろうね」

『どうしますか、カル様？　あっしがおふたりを連れて、どこか別の場所まで逃げますか？』

飛竜アレキサンダーが降下してきて、提案した。

「にゃ、にゃ……⁉　飛竜だにゃ⁉」

「アレキサンダーは僕の飛竜だから危険はないよ」

怯えて後ずさるミーナを安心させてあげる。

「えっ！　まさか飛竜を手下に？　すごいのにゃ！」

「アルティナ、無謀かも知れないけれど……ミーナたちを助けるためにも、こちらから打って出る訳には、いかないか？」

このまま僕たちがこの島を後にすればミーナたち猫耳族は、竜の食料か奴隷にされてしまうだろう。

マグレとはいえ、前回、僕は巨竜に勝つことができた。

あの時よりも、僕は腕を上げているし、飛竜アレキサンダーもいる。勝ち目がない訳じゃないと思う。

「逃げても奴らは追ってくるに違いない。どこかで対決しなくてはならないとしたら、こちらから攻めるべきだと思う」

先手必勝。機先を制して相手に大ダメージを与えれば、勝つ可能性は高くなる。

「敵は3体か……古竜ブロキス以外なら、問題なく倒せると思うのじゃが……」

アルティナは難しい顔をしている。

「ヤツを倒すとなれば不意打ちで、わらわの最大の攻撃を喰らわせるしかないのじゃ」

「不意打ちなら勝てる可能性がある訳だね。なら僕が古竜の気を引いてみせるよ」

「なぬ……⁉　それではカルを相当危険な目に遭わせることになるのじゃ！」

「僕はアルティナの家族になったんだ。アルティナのためなら、多少の危険くらい、へっちゃらだよ。それに戦うことを決めたのは僕だ」

アルティナがいなければ、温室育ちの僕は、この島で満足に食料も得られずに飢え死にしていただろう。

暖かい寝床と、美味しいご飯。【竜魔法】など、アルティナにはたくさんのモノを与えてもらった。

なにより、僕の新しい家族になってくれたアルティナに恩返しがしたかった。

「ふぐぅう⁉　か、感激なのじゃ！　……確かに、この者らを巻き込んでは、かわいそうじゃからな。これは本来、わらわの問題。わらわの手で決着をつけねば！」

「にゃ？　にゃ？　にゃんの話をしているのにゃん？」

ミーナは話についていけずに、大量の疑問符を浮かべていた。

「あっ、そういえば自己紹介がまだだったね。僕はカル・ヴァルム。そして、この娘は……」

そこで、僕は一瞬、アルティナをどう紹介するべきか迷った。

冥竜王だと明かせば、ミーナを怖がらせてしまうかも知れない。

でも、実際に決め手となる攻撃は、アルティナが行うことになる。そうなれば、正体が露見することになるだろう。

なら、最初から正直に伝えた方がいい。

「信じられないかも知れないけど、冥竜王アルティナ。聖竜王と敵対する七大竜王の一柱なんだよ」

「よろしく頼むのじゃミーナよ。なに、わらわたちに任せておけば、大丈夫じゃ。何を隠そう最強の竜狩りと竜王のタッグじゃからな」

アルティナは自信ありげにうそぶいた。

「にゃ？　にゃ⁉　冥竜王アルティナ⁉　そ、それにカル・ヴァルム⁉　ま、まさか……ミーナもおとぎ話で聞いておりますのにゃ。竜狩りの英雄カイン・ヴァルムの伝説！　まさか、あなた様がその子孫にゃのかにゃ⁉」

ミーナが大興奮しだした。僕は慌てて訂正する。

「ちょっとアルティナ……最強の竜狩りって、もしかして僕のこと？　いやいや、僕はヴァルム家を追放された忌《い》み子だから！」

変に期待されても困る。

「……カルよ、謙遜もすぎると嫌味じゃぞ？　まさか自覚しておらんのか？　【竜魔法】を使える人間は、この地上におぬしひとりじゃ。カルは間違いなく、史上最強のドラゴンスレイヤーとなる才能を秘めておるのじゃ！」

「ぶっ！」

アルティナの過大評価に、卒倒しそうになった。

《古竜ブロキス視点》

「マズイ、なんだこの料理は⁉　さっさと生け贄の娘を連れてこい！」

平伏した猫耳族に、古竜ブロキスは蹴《け》りを入れた。

古竜ブロキスは、革鎧《よろい》を着た戦士風の人間の姿をしていた。古竜の有り余るパワーを抑えるためだ。

本来のドラゴンの姿で闊歩《かっぽ》したら、それだけでこの村が壊滅しかねない。

「酒がなくなったぞ、早く代わりを用意しろ！」

ブロキスの手下の火竜が、不機嫌そうに命令する。

竜にとって、酒は好物のひとつだ。

ブロキスの前にも、酒が並べられていたが、どれも口に合わなかった。しょせんは下等な先住民の作る酒だった。

「そ、その、生け贄の娘は逃げてしまいまして……今、必死で探させていますにゃ」

村長の男が、脂汗を浮かべながら弁明した。

生け贄は猫耳族に、自分たちが奴隷であることを思い知らせるために用意させていた。

「生け贄は、お前の娘だったな？　……まさか故意に逃した訳ではあるまいな？　俺は今、腹が減っている。見つからぬのなら、すぐに代わりを用意しろ！」

「はひぃ！　い、いや、それは……」

しどろもどろになる村長は、時間稼ぎをしているように見えた。

ブロキスはあまり見せしめに猫耳族を殺傷すると、冥竜王の捜索に支障が出ると考えて手加減をしていた。

それが裏目に出てしまったらしい。

自分たちは奴隷なのだと、コイツらに思い知らさねばならない。

「もういい。それなら村長交代だ。お前はここで死ね」

「そ、そんにゃ……！」

ブロキスは村長の首をねじ切ろうと、手を伸ばした。

「今だ集中砲火！　奴らを殲滅《せんめつ》しろ！」

その時、空に突如、飛竜に乗った竜騎士の一団が現れた。数は20騎ほど。どうやら、魔法のアイテムで姿と気配を消して接近していたらしい。

その家紋は、竜狩りの名門ヴァルム侯爵家だった。

「レオン様、猫耳族が射線上に入っていますが⁉」

「邪魔くせぇ！　今がチャンスなんだよ。古竜ごとぶちのめせ！」

彼らは強力な攻撃魔法を雨のようにブロキスに浴びせた。手下の火竜たちが魔法の矢を受け、数秒で穴だらけにされる。

「にゃっ！　にゃぃいいい⁉」

巻き添えを喰らった村長が、死に物狂いで逃げ惑う。

村の建物が木っ端微塵《こっぱみじん》になり、あちこちから悲鳴が上がった。

「ヒャハハハッ！　人間の姿になっているとは油断もいいところだぜ！　これなら一気に……！」

指揮官と思われる男が、勝利を確信してバカ笑いをする。

おそらく、ヴァルム家の跡取りであるレオン・ヴァルムだろう。

竜の鱗《うろこ》を裂くほどの怪力無双と聞いていたが、手ぬるい遠距離攻撃を仕掛けてくるとは、がっかりだった。

「これが竜狩りの名門ヴァルム侯爵家か？　期待外れにも程があるぞ！」

ブロキスは人間の擬態を解いて、古竜の姿へと変身する。多少ダメージを受けたが、戦闘に支障はなかった。

「し、仕留め切れなかっただと⁉」

人間の姿になっている状態の竜は、戦闘能力が落ちている。

そこを狙えば倒せると考えたのだろうが、仮にもブロキスは上位古竜だ。

「く、くそっ、怯《ひる》むな！　次の魔法詠唱だ……っ！　攻撃アイテムで時間稼ぎしろ！　全部使え！」

「はっ！」

予想外の事態に、敵は浮き足立つ。

「コイツに勝てなかったら、ヴァルム侯爵家の……俺のメンツは丸潰れだぁ！」

「メンツだと？　愚か者め！　この程度の力で我に挑むとはな！　お前はここで死ぬのだ！」

ブロキスが放った巨大雷球に、５名の竜騎士が飲まれて消滅する。

「ひ、ひゃぁあああ⁉　撃て！　俺を守れぇえええっ！」

レオンは恐怖に半狂乱になって命じた。

「やめてくださいにゃ⁉　この村が、みんなが死んでしまいますにゃ⁉」

大怪我《けが》をした猫耳族の村長が、ヴァルム竜騎士団に訴える。

無論、連中はそんなことはお構いなしで、強力な魔法を一斉に放とうとした。

傷ついた猫耳族たちは、それを絶望と共に見上げ……。

グオオオォォォン！

すさまじい威圧感を持った咆哮が轟いた。大気が震え、ブロキスは心臓を鷲掴《わしづか》みにされたような恐怖を覚える。

自分にこんな恐怖を与えられる存在と言えば、ひとりしか思い浮かばない。

「【竜王の咆哮《ドラゴンシャウト》】。まさか……冥竜王か⁉」

ブロキスは歓喜する。ようやく討伐対象に出会えたのだ。

レオンとその配下は、白目を剝いて失神した。もうこんな雑魚《ざこ》に構っている暇はない。

「我が最大の一撃で、跡形も残らず消滅させてやる！」

口腔に魔力を収束させ、ブロキスは咆哮がした方角に必殺の【竜魔法】を放つ。

「【雷吼《らいこう》のブレス】！」

発射された超高圧の電撃が、木々をなぎ倒し、大地を抉《えぐ》った。

勝利を確信した瞬間、ブロキスは背後から黒い炎の奔流に襲われる。

「なにぃいいい⁉　【黒炎のブレス】だと⁉」

それは、かつて世界を焼き滅ぼしたとされる冥竜王のブレスだ。

まるで解《げ》せなかった。こんなに素早く背後に回り込んで、最強の一撃を放つなど、いくらなんでも不可能だ。

冥竜王が2体いなければ、絶対に起こり得ないことだった。

「ぐぉおおお！　お、おのれ……この古竜ブロキスが⁉」

全身が焼けただれていく中、ブロキスは絶叫した。

「舐《な》めぇるなぁあああ！　人間の姿に封じられた貴様風情《ふぜい》に討たれる我ではないわ！」

冥竜王は呪いによって、ドラゴンの姿になることができなくなっていた。

たとえ不意打ちで大ダメージを受けたとしても、まだ勝算はある。

だが、次の瞬間、さらなる衝撃がブロキスを襲った。

「なんだと⁉」

頭上から自身の得意技である【雷吼《らいこう》のブレス】が押し寄せてきたのだ。

輝く雷撃が、ブロキスの全身を打ち据える。

見上げれば飛竜に乗った少年が、上空から【雷吼《らいこう》のブレス】を発射していた。

信じられない光景だった。人間が【竜魔法】を、しかもブロキスの切り札である【雷吼《らいこう》のブレス】を使っているのだ。

その上、ブロキスの【雷吼《らいこう》のブレス】よりも破壊力が勝っていた。

「バカなぁあああ……！　何者だぁ⁉」

古竜ブロキスは、断末魔と共に焼き滅ぼされた。

「ふぅううう〜、か、完全にマグレだったけど、うまくいった……」

古竜ブロキスが動かなくなったのを確認して、僕は安堵《あんど》の息を吐いた。

ヴァルム竜騎士団が、猫耳族ごと古竜ブロキスを攻撃しだしたので、慌てて介入したのだ。

僕が【竜王の咆哮《ドラゴンシャウト》】で、ヴァルム竜騎士団の魔法詠唱を妨害。同時に、古竜ブロキスの気を引く。

その隙にアルティナが【黒炎のブレス】で不意打ちを仕掛ける……そんな綱渡り作戦を強行した。

しかし、ブロキスはアルティナの攻撃に耐えた。このままでは、みんな殺されると死を意識した瞬間、僕の頭は冷たく冴《さ》えた。

間近で見た【雷吼《らいこう》のブレス】の魔法術式が、なぜか直感的に理解できた。まるで、世界の裏の裏まで見通せるかのような不思議な感覚だった。

古竜には、生半可な魔法は通用しない。

僕はその閃《ひらめ》きに従って、一か八か、【雷吼《らいこう》のブレス】を無詠唱で再現した。

まさに奇跡だった……未《いま》だに実感が湧《わ》かない。

『古竜ブロキスを倒しました。ドロップアイテム【古竜の霊薬】を入手しました！』

古竜ブロキスの死骸が崩れ去り、ポンッとドロップアイテムが飛び出して僕の手に収まった。

それは青い神秘的な液体をたたえた瓶《びん》だった。

【古竜の霊薬】だって？　おそらく名前からして【竜の霊薬】の上位アイテムだ。

一体、どんな効果があるのだろう……？

『カル様、すごいです！　古竜を倒しちまうとは、さすがはあっしのご主人様です！』

僕を乗せた飛竜アレキサンダーが、感嘆の声を上げた。

い、いや、呆けている場合じゃなかった。

なにしろ、戦闘に猫耳族たちが巻き込まれて大勢の怪我人が出ている。

「アルティナ！　猫耳族たちに、すぐに手当てを！　アレキサンダー、レオン兄上たちの近くに降りてくれ！」

『がってんです！』

飛竜アレキサンダーに地上に降ろしてもらう。

僕は気絶した竜騎士の腰袋を探った。

やっぱりだ。最高級回復薬《エクスポーション》が入っていた。

「お、お、おぬしぃいい⁉　今のは一体、どうやったのじゃ⁉」

アルティナがすっ飛んできて、僕に詰め寄った。

「どうって言われても、無我夢中だったとしか……」

「い、いや、不可能じゃぞ！　まだ基礎しか教えておらんのに。いきなり【雷吼《らいこう》のブレス】なんぞ、絶対に不可能じゃぞ！」

彼女の驚きようは僕以上だった。

「アルティナ。悪いけど、まずは怪我人の治療が先だ。この回復薬で、猫耳族たちの救助を手伝って欲しい」

「うぬ……!?　まぁ、そ、そうじゃな」

僕は立派なヒゲを生やした猫耳族を抱き起こす。おそらく村長だと思われる彼は、倒れて血を流していた。

「……あ、あなた様は何者ですにゃ？　竜騎士？」

「まずは、とにかくこれを飲んでください。最高級回復薬《エクスポーション》です」

僕はヴァルム竜騎士団のしでかしたことに、元ヴァルム家の人間として罪悪感を抱かずにはいられなかった。

思い上がりかも知れないけど、もう少し早くここに来ていればよかったと悔やまれる。

「はっ、こ、これは……？　怪我が治っていくにゃ？」

猫耳族は不思議そうに身体を見下ろした。

「うにゃあああああ！　お父さんが生き返ったにゃ！　ありがとうございますにゃあ！　ま

さか、本当に古竜をやっつけてくださるなんて、感激ですにゃ！」

ミーナが感涙にむせびながら僕に抱きついてきた。大きな胸が押し付けられて、思わず赤面してしまう。

「ミ、ミーナ。まだ他にも、怪我をした人がたくさんいるから……！」

僕は慌ててミーナを引き剝がす。

って、もしかして、今、回復したのがミーナのお父さん？　なんだか、目をパチクリさせているよ。

「ミ、ミーナ、無事だったのかにゃ？」

「はいですにゃ！　すべてはカル様とアルティナ様のおかげですにゃ！　にゃ、にゃ……!?とにかく、みんなの治療をしにゃいと！　アルティナ様は回復魔法とか使えますかにゃ？」

「いや、わらわは死と破壊を司《つかさど》る冥竜じゃからな。回復魔法は、苦手なのじゃ」

「この竜騎士たちの回復薬を借りればいいよ。みんなが怪我をしたのは、彼らのせいだからね。さっ、急いで！」

「わかりましたなのにゃ！」

「にゃ、にゃ……ミーナ。そのお方たちは一体、どなた様なのにゃ？　アルティナ様とは……まさか冥竜王アルティナ？」

ミーナの父親が恐る恐るといった様子で尋ねた。

「そうにゃ！　最強の竜狩りカル・ヴァルム様と冥竜王アルティナ様にゃ！　ミーナのことを助けてくれたにゃ！」

ミーナはそれだけ告げると、同族たちの手当てに向かった。

「なんと、それは……！」

「め、冥竜王だってにゃ……？」

「確かブロキスたちは、冥竜王は少女の姿をしていると言っていたにゃ」

猫耳族たちは、アルティナの正体に縮み上がった。

困ったな。竜に好き放題された彼らにとって、アルティナも恐怖の対象のようだ。そもそも冥竜王の悪名は、伝説として轟いているからね。

するとアルティナが僕の脇腹《わきばら》をつついて、小声で告げた。

「……微妙な空気じゃの。わらわはカルの配下ということにしてくれぬか？　竜狩りの一族はドラゴンをテイムして使うのじゃろ？」

「えっ⁉　アルティナを配下だって……？」

とんでもない提案だった。

竜狩りのステータスのひとつに、いかに強大なドラゴンを支配下に入れるかというのがある。

父上は聖竜を支配下に入れたと自慢していたけど、その比ではなかった。

「……少々、甘くみていたのじゃ。わらわの母様が昔、かなりやべぇーことをしおったからのう。

カルよ、わらわのためにも頼むのじゃ！　カルの命令なら、わらわはなんでも聞くと、思わせておけば安心じゃ！」

「いや、それはさすがにちょっと、気が引けるというか……」

未だかつて、竜王を支配下に入れた人間なんて存在しない。

ただでさえ、ミーナに僕が最強のドラゴンスレイヤーだと誤解されている。それが、猫耳族全体に広がってしまいそうだった。

「わらわを助けると思っての。このままでは、気軽に外出できなくなるのじゃ！　猫耳族とバッタリ出会って、怯えられて逃げられたら傷つくぞ！」

「それは確かに。わかった。いいよ……」

僕は押し切られる形で、承諾した。

誤った評価が広まってしまうことは、ある程度、仕方がないと割り切ろう。

アルティナがこの島で快適に過ごせるようになることの方が大事だ。

「ありがとうなのじゃ！　コホン。皆の衆、よく聞いて欲しいのじゃ！　古竜ブロキスは我が主カル・ヴァルムが討ち取ったのじゃ！　わらわは冥竜王アルティナ。カルの忠実なる配下であるぞ！」

アルティナの宣言が高らかに響いた。

猫耳族たちは、顎が外れるほどビックリ仰天していた。

「おおっ！　ま、まさか、そのようなことが⁉　ありがとうございます、カル・ヴァルム様。我らをお救いくださったこと、厚くお礼を申し上げますにゃ！」

猫耳族の村長が、深々と腰を折った。

そのつぶらな瞳《ひとみ》は、尊敬の念でキラキラしている。

「ヴァルムというと、あのヴァルム家ゆかりのお方ですかにゃ⁉」

「冥竜王を支配するなんて、前代未聞のドラゴンスレイヤー様だにゃ！」

「ぼ、ぼくたち、助かったんだにゃ！　もう生け贄を差し出さなくて済むんだにゃ！　バンニャーイ！」

「カル様は、我らの守り神にゃ！　崇《あが》めなくてはいけないにゃ！　ハハァ！」

なぜか猫耳族たちの中には、僕を神のごとく崇める者まで現れた。

最高級回復薬《エクスポーション》の効果で、彼らは瀕死の重傷から回復していた。

さっきまでの警戒モードは一転し、お祭りのような騒ぎになる。

どうも猫耳族は本来、陽気な種族のようだ。

「ちょ、ちょ、ちょっと⁉　古竜に勝てたのは、ほぼアルティナのおかげですので。感謝を述べるなら、アルティナにお願いします！」

こんなふうに大勢の人から感謝されることなど初めてなので、困惑してしまう。

「何を言っておるのじゃ。こやつらを救うために戦うと決意したのも、作戦を立てたのも、古竜ブロキスにトドメを刺したのもカルじゃろうが？」

「えっ……まあ、そうなのかも知れないけど。そのために必要な力は、アルティナが貸してくれたからね」

「勇敢な上に謙虚とは！　感服しましたのにゃ！　カル様、どうか我らもカル様の配下に加えてはいただけませぬかにゃ？　伏してお願いいたしますのにゃ！」

「配下……？」

村長があまりにも突飛なことを申し出てきた。

「この島に暮らす我らは、ハイランド王国に従属することも七大竜王に与《くみ》することもなく、中立をモットーにしてきましたのにゃ。しかし、聖竜王は王国を攻めるにあたって、この島を拠点にするつもりですにゃ。

古竜ブロキスのあの乱暴狼藉《ろうぜき》ぶりを見るに、奴らに従ったところで地獄が待っていることは確定ですにゃ。かといって、我らをネコ原人扱いする王国に助けを求めることもできませんにゃ。どうかカル様に庇護していただきたいのですにゃ！」

「ええっ⁉　しかし、今回はたまたま運良く勝てただけですよ？」

実際に僕の魔力は、ほぼカラになっていた。もう読心魔法くらいしか使えない。

魔力量《MP》を増やす修行を、これからもっと徹底的にやっていく必要がある。今の状態では、長期戦は無理だ。

そんな僕の力を当てにされては困る。

そこまで考えて思い当たった。そうか、彼らはヴァルム侯爵家の後ろ盾を期待しているんだな。

「僕はヴァルムを名乗りましたが、実家から追放された身です。僕の配下となったところで、ヴァルム家に庇護してもらえませんよ」

「なんと、カル様を追放⁉　そんな極めつけの愚行を冒すとは、ヴァルム家は何を考えているのですかにゃ？　カル様の魔法で、そこで失神しているのが、ヴァルム竜騎士団ではないですかにゃ？」

村長はレオン兄上を指差す。

さすがは村長と言うべきか、島で暮らしていても、王国の情勢にある程度、通じているみたいだ。

「確かに、そこにいるのは僕の兄、レオンです」

そこで僕は改めて申し訳ない気持ちになる。

村は大変な惨状になっていた。家屋のほとんどが壊れ、畑もえぐられて作物が台無しになってしまっている。おそらく、死者も出てしまったことだろう。

レオン兄上たちは、猫耳族に対する配慮を一切《いっさい》しなかった。

「ヴァルム竜騎士団が、この村をメチャクチャにしてしまって、本当にごめんなさい」

「なんと！　……失礼ながら、能力、人格、何をとってもカル様の方が、兄上より圧倒的に優れているとしか思えませんにゃ。ヴァルム侯爵家は実力主義と聞いておりましたが……」

村長は首を傾《かし》げた。

僕が事情を説明しようとすると、背中に軽い衝撃が走った。

「お父さん！　ミーナはカル様のお嫁さんになりたいにゃ！」

仲間の治療を終えたミーナが僕に勢いよく抱きついてきたのだ。しかも、愛《いと》おしそうに頬擦りしてくる。

女の子特有の甘い香りに、心臓が止まりそうになった。

「いや、ちょっと。僕はまだ14歳なので、結婚とかは⁉」

「そうじゃ！　カルは将来、わらわと結婚するのじゃぞ。何を抜け駆けしておるのじゃ泥棒猫、離れるのじゃあ！」

アルティナが憤《いきどお》って、ミーナを無理やり引き剥がす。

「アルティナ様、お許しくださいませにゃ！　猫耳族は一夫多妻制ですにゃ！　ミーナは村長の娘として強い旦那様と、たくさん子作りしなければならにゃい、というかしたいのですにゃ！」

「はぁ？　お、おぬし、何を言っておるのじゃ……？」

「それは名案だにゃ⁉　いかがでしょうかカル様。ミーナをお側においてはいただけませんかにゃ？」

ミーナの父親の村長まで、そんなことを言ってくる。

「人間は一夫一妻制で、僕はまだ未成年なのでダメです！」

きっぱり断ると、村長とミーナは猫耳をペタンと折って、残念そうにうなだれた。

しかし、村長はポンと手を叩くと、さもナイスアイデアとばかりに告げた。

「……では、カル様が成人された暁《あかつき》にはミーナをはじめとした村娘全員と子作りしていただくということで、解決ですにゃ！　最強の英雄の血を取り入れて、我が一族は未来永劫《みらいえいごう》栄えますにゃ！」

「はあっ⁉　い、いや、村長さん。何を聞いていたんですか？」

僕は茹《ゆ》だるほどに赤面してしまう。あまりにも人間と価値観が違いすぎた。

すると黄色い歓声と共に、猫耳族の女の子たちが群がってきて、僕はもみくちゃにされてしまう。

「古竜を倒すほどの大英雄様の妻にしていただけるなんて光栄ですにゃ。ぜひ、お願いしますにゃ！」

「あたしもあたしも！　カル様のお嫁さんにしていただきたいにゃ！」

「むぅ～！　みんなミーナが正妻にゃ！　ミーナが最初にカル様の子供を産むのにゃ！」

「うわぁあああ⁉」

猫耳少女たちは、みんなトビキリかわいくて、しかも胸が大きかった。

彼女たちに四方からサンドイッチ状態にされて、興奮から鼻血が出そうになる。

「こらっ！　おぬしら、カルが嫌がっておるじゃろう⁉　カルの嫁になりたいと言うなら、わらわが相手じゃ！　わらわの屍《しかばね》を超えていけ！」

「冥竜王様がお怒りだにゃ！」

アルティナが一喝すると、猫耳少女たちは慌てて逃げ散った。

「そ、それよりもミーナ、怪我人の治療は全員終わった？」

「はいですにゃ！　カル様のおかげで、みんな助かりましたにゃ！」

「どうやら、奇跡的に死人は出なかったようですにゃ！」

それは本当に幸運だったな。

レオンたちが最高級回復薬《エクスポーション》を大量に持っていて助かった。

「それは良かった。それじゃ、最後は兄上たちの治療だな」

竜騎士たちは気絶して空から落ちた。おそらく骨折は確実にしているだろうし、そのままにはしておけない。

「えっ⁉　そいつらまで治療しちゃうのですにゃ？　危険じゃにゃい？」

ミーナは不安そうに顔をしかめる。

レオンたちが猫耳族まで魔法で撃ったため、他の者たちも不安そうにしていた。

「さすがに、兄上たちも無闇《むやみ》に猫耳族を傷つけたりしないと思うけど……」

「カルは優しいのう。じゃが、念のため武装解除して、縄で縛るくらいはした方が良いと思うのじゃ。そやつらは、猫耳族を人間扱いしておらぬからな」

アルティナが竜騎士たちを睨んだ。

確かに、ここは無人島だとされている。

それはつまり王国は、猫耳族を対等な存在だと認めていない、ということだ。

ミーナたちの不安を取り除くためにも、ここはアルティナの意見を聞いた方が良いだろう。

「わかった。それじゃみんな竜騎士たちの武器を取り上げて縄で縛って。それから治療だね」

「はいですにゃ！」

ミーナが率先して、レオンたちの武装を解除する。

その後、僕たちは最高級回復薬《エクスポーション》を彼らに飲ませた。

「ひぎゃああ……!?　って、あれ？　て、てめぇ、カルじゃねぇか!?　まさか生きて!?　古竜はどうした!?」

目を覚ましたレオンは混乱の極地にいるようだった。

「お久しぶりです兄上、お怪我は大丈夫ですか？」

「はっ、お、俺が縄で縛られているだと……!?　これは、どういうことだ!?　おい今すぐ、コイツを解け！　さもねぇとぶち殺すぞぉおお！」

レオンの言葉に、場に怒気が満ちた。「にゃんだと？」と、猫耳族がレオンを厳しい目で見つめる。

「おぬし、今、なんと申した？　カルをぶち殺すじゃと……？」

アルティナが不機嫌そうに、レオンに歩み寄った。

「なんだ、てめぇは……って、う、美しい⁉」

レオンがアルティナの美貌に、口をあんぐり開けて見惚《みほ》れる。

他の竜騎士たちも魂を抜かれたようになっていた。

「古竜ブロキスなら、カルが倒したのじゃ。助けられた礼も言えんのか？」

「はぁ⁉　古竜をコイツが倒しただと……？」

レオンは信じられないといった面持ちで、目を瞬く。

「その通りですにゃ。我らはカル様とアルティナ様に救われましたにゃ。先程から聞いておれば、我らが主カル様に対して無礼千万にゃ！」

村長が怒声を発すると、猫耳族たちが、「そーにゃ、そーにゃ！」と大合唱する。

竜騎士たちは猫耳族から包囲されて、たじろいだ。

「レオン様、我々の武器だけでなく、アイテムもすべて奪われていますぞ⁉」

「なにぃ……⁉　おいカル、てめぇが俺たちの武器とアイテムを盗んだのか⁉　舐めやがって、どういうつもりだ⁉」

レオンは歯を剝いて激怒した。

以前は、こんな風に怒鳴られたら萎縮してしまっていたけど……今の僕は猫耳族を守る立場だ。僕は勇気を持って告げた。

「武装解除も回復薬を拝借したのも、レオン兄上たちが猫耳族を不当に傷つけたからです。どうして、彼らごと古竜を撃ったのですか？　まずは、そのことを謝ってください」

「はっ？　この俺がネコ原人に謝罪だ？　古竜が人間の姿の時を狙ったに決まっているだろうが！　てめぇ、とうとう頭がイカれたのか？　ああっん⁉」

レオンが凄《すご》む。

他の竜騎士たちも、次々に口を開いた。

「カル様、王国はここを無人島だとしています。つまり猫耳族は人間ではない、ということです。人語を話すケダモノに頭を下げろと申されましてもね……」

「それより、お喜びください。ヴァルム家にまた、お戻りいただけることになったのですよ。魔法の使えないカル様には、破格のご待遇でしょう？」

竜騎士たちが、僕に嘲笑を投げかける。またヴァルム家に戻ってこいとは、どういう風の吹き回しだろう？

「ちっ！　癪《しゃく》に障《さわ》るが、システィーナ王女殿下からお前を連れ戻せってお達しがあってな……だが王女殿下から何を言われても調子に乗るんじゃねぇぞ？　王女殿下の婚約者はこの俺だからな！」

　レオン兄上は非常に不機嫌そうだった。

　システィーナ王女殿下が？　どういうことだろう？

　そこでレオンは、猫耳族の女の子たちを好色そうな目で眺めた。

「へぇ～、先住民にしては上玉が揃ってるじゃねえか。行きがけの駄賃だ。ここの娘どもは、俺の奴隷として連れて帰るとするか！　少しは楽しめるだろう」

「それは妙案ですね、レオン様！」

　ミーナたちが小さな悲鳴を上げる。

　謝罪を引き出そうなど、考えが甘かった。レオンたちは、猫耳族を狩りの対象だと思っているようだ。

　僕が言い返そうとした時だった。

「おい、おぬしら。謝るどころか、その態度はなんじゃ？　それはつまり、わらわたちへの宣戦布告ということじゃな？」

「あっ、ひぎゃぁあああ!?」

　アルティナがレオンの右腕を掴んで、枯れ木みたいにへし折った。

　笑っていた竜騎士たちが凍りつく。

「あれ……？　怪力無双を豪語する兄上が、あっさり負けた？」

「怪力無双？　縄も引きちぎれぬコヤツがか？」

「お、お、俺の腕が変な方向にぃいいい⁉　痛てぇ⁉　いてぇよぉおおおお！」

レオンは痛みに大騒ぎする。

「ああっ、わかったのじゃ。カルのバフ魔法のおかげじゃな！　あれは信じがたい増幅率じゃからのう。怪力無双などと吹聴《ふいちょう》したくなるのもわかるのじゃ」

アルティナが呆れ返った。

「まさかとは思うが、カルから与えられた力を自分の力だと勘違いして、調子に乗っておったのか……？」

「痛てぇ⁉　は、ははっ、早く回復薬をよこせぇ！」

「レオン様ぁ⁉」

「おのれ、小娘、魔物の類《たぐい》か⁉」

竜騎士たちが殺気立った。

「なんじゃ？　三下の竜騎士ども。わらわに喧嘩《けんか》を売る気か？　家族を、愛するカルをバカにされて黙っていられるほど、わらわは温厚ではないのじゃ。皆殺しにされる覚悟はできておるのじゃろうな？」

アルティナの身体より、鬼気迫るような威圧的なオーラが立ち昇った。

レオンたちは、恐怖に顔面蒼白《そうはく》となった。

「な、なんだお前は⁉　俺たちを皆殺しにするだと⁉」

「わらわは冥竜王アルティナじゃ。七大竜王の一柱にして、カルの配下であるぞ」

アルティナは堂々と名乗った。

「はぁ、冥竜王だと……⁉　そんな訳があるか⁉」

レオンは目を白黒させていた。

「お待ちください！　この人間離れした威圧感とパワーは、竜の化身としか……」

「レオン様、古竜ブロキスを倒したのは、ま、まさか……！」

レオンたちは、自分たちが助かった事情を察して震えだした。

「はぁ⁉　いや、そんな……！　め、めめ、冥竜王を配下にしただと⁉」

「事実だとすれば、カル様は呪われた子供どころか、史上最強のドラゴンスレイヤーということに……！」

「システィーナ王女殿下の見立ては、やはり的を射ていたのか⁉」

竜騎士たちは、お互いに顔を見合わせて、混乱の極みにあった。

「ヴァルム家の跡取りがこの程度とは、片腹痛いのじゃ。カルの足元にも及ばぬのう」

鼻を鳴らして、アルティナはレオンたちを見下ろす。

「アルティナ、もうそれ以上は。レオン兄上、僕は猫耳族たちを庇護することにしました。ここは黙って、お引き取り願えないでしょうか？」

「おおっ！　我らを庇護するとは⁉　カル様、我らの主になっていただけるのですにゃ⁉」

村長が歓声を上げた。

「はい。このままだと、この村は聖竜王からもハイランド王国からも、ひどい目に遭わされそうですからね……」

「やったのにゃあ！」

猫耳族たちが、バンザイしてはしゃぎ回る。

「ただ、僕個人の力では、この村を守るには限界があります。今回、古竜討伐に成功できたので、この手柄を使って王国に猫耳族を対等な存在として扱ってもらえるように、交渉してみます」

アルティナが素性をバラしてしまった訳だし。王国も冥竜王のいる島の扱いには困るだろう。最低でも、この島に不干渉を約束させることはできると思う。

「おおっ！　グッドアイデアなのじゃ！　王国と友好関係を結べば交易ができるようになるしのう。様々な生活物資が、お茶やお菓子……小説も手に入りやすくなるのじゃ！」

アルティナも手を叩いて賛同した。

って、その頭の中は欲望全開だけど……。

「王国と友好関係⁉　すごいのにゃ！　そんな発想が出てくるにゃんて！　カル様は、名君となる資質をお持ちですにゃ！」

「カル様と出会えたことは、我らにとって、最大の幸運ですにゃ！」

猫耳族たちも、諸手《もろて》を挙げて喜んでいた。

「いえ、そこまでうまくいくかはわかりませんが。幸いシスティーナ王女殿下とは面識があります。王女様に話を通すことはできると思います」

王国と交渉などは、初めての経験なのでドキドキだ。

あまり期待されても困るけど、猫耳族が古竜討伐に一役買ってくれたと言えば、実現の可能性は高いと思う。

「はぁ⁉　おい調子に乗ってんじゃねぇ！　古竜を倒したのは、この俺だ！　てめぇは父上とシスティーナ王女の前で、そう口裏を合わせるんだよ！」

突如、レオンが怒号を上げた。

腕の骨折が回復薬で治ったらしい。先程まで、涙目で最高級回復薬をすすっていた。

「そうすりゃ、また俺の弟としてヴァルム家に戻してやるよ。あっ、そうそう、バフ魔法もこれまで通り、毎日かけやがれよ。ヒャハハハッ！　これで万事解決だぜ！」

「えっ……？　僕は実家から追放された身です。今さら、戻ってこいと言われても……僕にはすでに新しい家族がいます。アルティナが今の僕の家族です」

僕は呆気《あっけ》に取られてしまった。

「そうじゃ！　わらわとカルは、ここで楽しく暮らすのじゃ！」

アルティナがうっとりした表情で告げる。

「な、なに……⁉　この島から生きて帰れたら、ヴァルム家の一員として認めてやると約束しただろう？　お前もヴァルム家に帰りたいんじゃないのか？」

レオンは面食らった様子だった。

「いえ、まったく……未練は無いです。今まで、ありがとうございました」

僕は頭を下げる。

すると、レオンは慌てて態度を変えた。

「あっ、いや、待てよカル。お、俺はシスティーナ王女に、古竜を倒すように依頼されているんだ。このまま手ぶらじゃ帰れねぇんだよ……！」

システィーナ王女殿下も、この島に古竜が居着いたことに脅威を感じていたらしい。

「わかりました。では王女殿下にお会いして、ことの顛末《てんまつ》を説明したいと思います。アレキサンダー、王宮まで飛べるかい？」

『もちろんです！』

呼ぶと飛竜アレキサンダーが僕の隣にやってきた。

「アレキサンダー⁉　なっ、どういうことだ？　なぜ、カルの命令を聞いていやがる？」

「この飛竜は、今やカルの忠実な下僕なのじゃぞ？」

アルティナの言葉に、レオンは衝撃を受けた様子だった。

「こ、コイツは俺の飛竜だぞ……⁉　俺の下僕が俺を見限って、カルについただと⁉」

「竜は強い者に従うのじゃから当然じゃな。カルの【竜王の咆哮《ドラゴンシャウト》】で、おぬしらは全員、気絶しておったしの。実力差は明白なのじゃ」

アルティナは心底呆れた様子だった。

「ま、待ってくれ……！　古竜を倒したのは、俺ということにしてくれないか？　そうすれば父上に取りなしてやる！　栄光のヴァルム侯爵家の一員としての身分を取り戻せるんだぞ！」

レオンが必死の形相で、僕に頼んできた。

「はぁ……？　兄上、まさか僕たちの手柄を横取りするおつもりですか？　それに父上に取りなしていただく必要はありません。先程も言いましたが、僕はもうヴァルム家とは無関係なのですから」

僕はここで、僕を大切にしてくれる人と幸せに暮らしていくんだ。

実家を追放されて、この島にやってこれて本当に良かったと思っている。

「バカが⁉　ことはヴァルム家の浮沈に関《かか》わる問題だってのが、わからねぇのか！　王女から婚約破棄されるだけじゃねぇ。こんな失態が明るみに出たら……俺は貴族社会で、いい笑い者にされるんだぞ⁉」

あっ、そうか。

考えてみれば、欠陥品だとヴァルム家から追放された僕が古竜を討伐し、レオンが失敗したとなれば……ヴァルム家の名声は地に落ちるだろう。

レオンの立場や気持ちは、理解できた。

だけど……、

「王女殿下に嘘の報告をしろと、おっしゃるのですか？　お断りします」

古竜討伐の手柄は、猫耳族を庇護するために使うのだ。

「おい、おぬし。先程から聞いておれば、自分のことばかりじゃのう。それでも英雄の血を引く貴族か？　恥を知るがいいのじゃ！」

アルティナが怒り心頭で告げた。

「ぐうっ⁉　なんだと……⁉」

レオンは僕とアルティナを憎々しげに睨んだ。

「て、てめぇはヴァルム家を……この俺を破滅させる気か⁉　運良く冥竜王を配下にしたからって、いい気になりやがって！　俺はお前の兄なんだぞぉおお⁉」

兄弟の絆《きずな》は、そちらから切ったと思ったのだけど……。

「レオン様、ここは……！」

竜騎士のひとりがレオンにそっと耳打ちした。

うん？　何をヒソヒソ話しているのだろう？

「カルよ。なにやら、よからぬことを相談しておるようじゃぞ。読心魔法を使ってみよ」

アルティナが僕にささやく。

僕は彼らの心の声を、読心魔法で拾えるように意識を集中した。

『口惜しいですが、拘束された状態では何もできません。ここはカル様の言い分を受け入れ、謝罪して解放されることを優先するべきです』

『……俺にカルとネコ原人どもに、頭を下げろっていうのか⁉』

『一時の恥より、利をお取りください。カル様より早く王女殿下にお会いして、レオン様が古竜を討ち取ったことにすればいいのです。我々が口裏を合わせれば、それが真実になります』

『なるほど……！　確かにそうだ！』

『その後、好条件を出してカル様の機嫌を取り、ヴァルム家に戻ってくるように説得すれば、すべて丸く収まります。

レオン様はシスティーナ王女殿下の婚約者となられ、ヴァルム家はますます栄華と発展を遂げるでしょう』

『ちっ……！　ムカつく話だが王女と婚約しちまえば、こっちのモンだからな』

『そうですとも。レオン様が古竜を討伐したことが真実であると、周囲の者が認めればそれで済む話です。カル様が古竜を討ち取った証拠は無い訳ですからね。

追放されたカル様と、竜殺しとしての実績のあるレオン様、どちらの言い分が王国上層部に認められるか。火を見るより明らかでしょう』

『くくくっ、その通りだぜ！　俺には天才ドラゴンスレイヤーとして積み上げてきた実績があるからな！』

僕に心を見透かされているとも知らずに、レオンたちは悪巧みをしていた。

まさか本当に僕たちの手柄を奪うつもりだとは、驚いた。

「……レオン兄上、僕が古竜を討伐した証拠ならあります。このドロップアイテム【古竜の霊薬】です。嘘をついてもバレますよ？」

僕が【古竜の霊薬】を見せると、レオンと竜騎士は言葉を失った。

「王女殿下に虚偽の報告をするのは王家への背信、れっきとした犯罪です。残念ですが兄上たちの身柄は、このまま拘束させていただきます」

「はっ、な、なに……？」

「読心魔法です。心の声を聞かせていただきました」

「ま、まさか、尋問用の高等魔法ではありませんか⁉　え、詠唱をしなかった⁉」

「む、無詠唱魔法か⁉」

レオンたちは、うろたえたがもはや後の祭りだ。

「腐りきったヤツじゃのう。王家も騙《だま》そうとは……」

「ミーナ。兄上たちが魔法を使えないように、猿ぐつわを噛ませて。僕はこれから王女殿下の元に向かうから、交代で見張りをよろしく頼むよ」

「はいですにゃ！」

猿ぐつわで口を塞《ふさ》げば、魔法の詠唱を封じられる。竜騎士たちは、完全に無力化できるだろう。

「ひぎゃあああぁ！　ちょ、ちょっと待て、まさか俺を罪人に仕立てるつもりか⁉　ちょっと王女を騙してやろうとしただけで、まだ何もやってねぇだろうがよ⁉」

レオンの叫びに、他の竜騎士たちは度肝を抜かれた様子だった。

「レオン様、王女殿下を騙すとは、いかなるおつもりですか⁉」

「さすがに今のお言葉は、見過ごせません！」

王家への忠義に厚いふたりの竜騎士が、レオンに詰め寄った。墓穴を掘ってしまったな。

「古竜討伐の手柄を俺のものにするだけだ！　何が悪い⁉　弟のものは俺のものだ！」

「そこまでです。話は聞かせていただきましたわ！」

その時、凛《りん》とした少女の美声が響いた。

それまで沈黙していた竜騎士の指輪が光り輝く。

あの指輪の宝石は……まさか転移クリスタルか？

本で読んで知っていた。レア中のレアとされる古代文明の遺物だ。空間同士を繋げるといった現代魔法では不可能な奇跡を起こす。

「シ、システィーナ王女殿下！」

次の瞬間、輝きの中より、見目麗《うるわ》しい美少女が現れた。

レオンたちが一斉に頭を垂れる。

僕も慌てて、その場に平伏した。

「この場で起きたできごとは、すべて見聞きさせていただきましたわ。カル殿、古竜討伐、誠にお見事でした。さすがはわたくしが見込んだお方です」

システィーナ王女は、天使のように微笑んだ。

「お、おおお、王女殿下⁉　なぜこちらに、一部始終を見ていた……⁉」

レオンは目も当てられないくらい取り乱した。

「レオン殿には、不審な点がありましたので。この者に頼んで、調査をしてもらっていたのです」

「はっ。王女殿下より、内偵を依頼されておりました。申し訳ございませんがレオン様、本日限りでヴァルム家はお暇《いとま》させていただきます」

転移クリスタルの持ち主が告げた。40歳近い、もはや戦士としてのピークは過ぎた竜騎士だ。

「内偵？　調査だと……⁉　てめぇ、ローグ！　20年近く雇ってやった恩を忘れやがって！」

レオンが竜騎士ローグに食ってかかる。

「それは感謝しておりますが……退職金を払うのが嫌だからと、俺をこの島で殺そうと企《たくら》んでましたよね？

　それ以前も自分から辞めるように、ワザと危険な竜退治を劣悪な条件でやらせていたのは、どういう了見です？」

　ローグはまったく怯まず、冷めた目をレオンに向けた。

「それでこの再就職話に乗ったということです。俺には養うべき家族がいますからね」

「しゅ、主人を裏切るとは、てめぇ、それでも騎士か⁉」

「レオン様に言われたくはありませんね。そうでございましょう、王女殿下？」

「ええ、その通り。レオン殿、あなたには、わたくしをドラゴンに襲わせた嫌疑がかかっています。同じことを他の貴族令嬢に対しても行っていましたよね？

　そして今回の件では、カル殿の手柄を横取りし、わたくしを騙そうとしましたわね？」

　システィーナ王女は有無を言わせぬ口調で、詰問した。

　王女殿下や貴族令嬢を襲撃？　まさか、レオンはそんなことをしていたのか……？

「い、いや、それは……違う！　誤解、誤解なのです！」

「残念ですが、わたくしはこの指輪を通して、すべてを見聞きしていました。わたくしを騙そうとは、ずいぶんと見くびられたものです。

　王国の法律にのっとり、あなたには処罰が下ることを覚悟していただきますわ。無論、婚約も破棄させていただきます」

「あっ……あう……」

レオンは口を、酸欠の金魚のようにパクパクさせた。

「……し、しかし、この俺が貴族令嬢をドラゴンに襲撃させたなどという事実は、ございません！　これは神に誓って本当です！」

弁明するレオンを、システィーナ王女は白い目で見ていた。

王女はレオンをまるで信用していないようだった。

「もしお疑いなら、証拠を出していただきたく存じます！」

レオンは令嬢襲撃事件については、否認した。

竜騎士ローグもそちらの証拠は掴めていなかったようで、舌打ちする。

竜による令嬢襲撃事件は、何人もの死者が出ている大事件だ。

レオンが婚約を熱望していたシスティーナ王女まで襲われているというし……いくらなんでもレオンが指示していたとは、考えにくいと思う。

王女殿下に虚偽の報告をしたり、手柄を奪ったりといった低レベルの悪事ではない。事実だとしたら王国への裏切りであり、大量殺人事件だ。

「俺は、俺は！　王国の平和のために身を粉にしてドラゴンと戦ってきました！　そんな俺が王女殿下や貴族令嬢を襲うなど、あり得ないことです！　信じてください！」

レオンは懸命に訴えた。

なんだか、かわいそうだ。

これは最後に一肌脱いであげるべきかもね……。

僕はレオンの無実を証明してあげることにした。兄だった人への僕なりの餞別《せんべつ》だ。

読心魔法を改変して、レオンの心の声を僕だけでなく、この場の全員に聞こえるようにする。

【魔法基礎理論】の読心魔法に関係する項目を熟読することで、可能になったことだ。

レオンの肩に触れ、改変した読心魔法を発動させながら尋ねる。

「レオン兄上は、令嬢襲撃事件の犯人なんかじゃ、ありませんよね？」

「そ、そうだ！　その通りだ！　きっとこの俺の活躍を妬んだヤツが、俺を陥《おとしい》れようと仕組んだに違いない！　そうに決まっている！」

『ハハハハハッ！　バーカ、全部、この俺がモテるために、自作自演で女どもを竜に襲わせていたんだよ！　んで、俺は颯爽《さっそう》と竜を倒して、お姫様を救う正義のヒーローだ！　どいつもこいつも、簡単に騙されてチョロかったぜぇ！』

その場の全員の顔が凍りつく。

僕も驚いた。

……い、いや、でもさすがに王女殿下を竜に襲わせたというのは……ないよね？

僕はさらに尋ねてみた。

「レオン兄上が、システィーナ王女殿下を竜に襲わせたなどという事実はありませんよね？」

「当然だろ！　俺は王国を守る正義のドラゴンスレイヤーだぞ！　王女殿下をお助けすることこそあれ、襲わせることなど絶対に有《あ》り得ねぇ！　もし、そんなヤツがいたら、俺が真っ先に成敗してやる！」

『ギャハハハハハッ！　システィーナ王女を襲うのに使った竜どもは殺処分したから、俺がやったって証拠が出てくることは絶対にねぇぜ！

ちっ！　胸がデカいだけが取り柄のクソバカビッチ王女が、黙って俺のものになりゃあいいものを！　てめぇなんぞ、俺の出世の踏み台にすぎねぇんだよ！

って、いうのは建前《たてまえ》で、本当はシスティーナ王女のことが、好きで好きでたまらないです！

ああっ、かわいいシスティーナちゃん！　いずれシスティーナ！　って、呼び捨てにしてやるぜぇ！』

お、おわっ。さ、さすがにこれは……。

システィーナ王女は美しい顔を般若《はんにゃ》の形相に変えた。

「あ、あなたの本音が、よくわかりましたわ、レオン殿。胸が大きいだけが取り柄のクソバカビッチ王女ですって？」

「……はっ？　えっ？」

レオンはシスティーナ王女がなぜ怒っているのかわからず、目を瞬いた。

「おぬし……カルの読心魔法で、本音をこの場の全員に暴露してしまったことに気づいておらぬのか？」

アルティナがこめかみを押さえながら、告げる。

「読心魔法？　……えっ、全員に暴露？」

「罪の告白もさることながら……ああっ、かわいいシスティーナちゃん！　いずれシスティーナ！　って、呼び捨てにしてやるぜ！　とか、ほざいておったぞ。わらわもドン引きじゃが、王女はもっと引いておるな……うん、ご愁傷さまじゃ」

「はぁあああっ⁉」

システィーナ王女は完全に汚物を見るような目を、レオンに向けていた。

「読心魔法を改変してしまったのには驚いたのじゃ。カルの魔法の才は、想像の域を超えておるの！」

「うーん、これは禁断の魔法かも……」

他人の人生を破壊しかねないので、封印しようと思う。

今回は結果的にレオンの罪を暴《あば》けて、良かったけどね……。

「レオン様……我々は、さすがにもうついてはいけません。罪の償いをなさってください」

竜騎士たちは、ガックリとうなだれていた。

誰からもレオンを擁護する声は上がらなかった。

「……わたくしの護衛を、くだらない計略で死に追いやった罪は重いですわよ！　もしそんなヤツがいたら、俺が真っ先に成敗してやる？　おもしろいですわね。なら、ここで自害してみせなさい！　さあ、今すぐに！」

　システィーナ王女はレオンの破滅を宣告した。

　レオンの顔から、完全に血の気が失せた。

「はぁ⁉　じ、自害しろだぁ⁉　俺は名門ヴァルム侯爵家の跡取りだぞ！　数々の竜を討ち取ってこの国に貢献してきたんだぞ！　それを罪人扱いだと⁉」

「自害する勇気がない？　よろしい。では国家反逆罪で、死罪を申しつけます」

「俺が死罪だと⁉　システィーナ王女、父上が黙っていねぇぞ！　ヴァルム侯爵家を敵に回す覚悟が、おありということだろうな？　あっ、あーん⁉」

　レオンはもはや王女に対する敬意をかなぐり捨て、脅すようなことを言う始末だった。

　無論、王家としても、強大な武力を誇るヴァルム家を敵に回したくはないだろうけど……。

「確かにヴァルム侯爵家は、比類なき英雄の家系。我が国への貢献も絶大ですが、それを鼻にかけての増長は、目に余るものがあります！」

　システィーナ王女はレオンの言い分を毅然《きぜん》と突っぱねた。

「お父様とも相談しますが、あなたは死罪。ヴァルム侯爵家は、伯爵位への降格を覚悟なさることですね」

「なっ……！　ヴァルム家の力を削《そ》ぐようなマネをしたら、竜どもの侵攻を阻止できなくなるぞ⁉　しょ、正気か⁉」

「それについてはご心配なく。カル殿、あなたに男爵位と、領地としてこの島の支配権を授けたいと思います。お受けいただけますか？」

システィーナ王女は、僕に目玉が飛び出るようなことを提案してきた。

「えっ、それは一体どういう……？」

「あなたにはヴァルム家に並ぶ、竜殺しを家業とした貴族家を立ち上げて欲しいのです」

「なるほどの。カルをヴァルム家の対抗勢力にするつもりなのじゃな？」

「本気ですか王女殿下⁉　僕は竜退治の経験なんて、ほとんどありませんよ」

しかも、２回ともほぼマグレだし……。

レオンも驚愕して、押し黙っていた。

「はい、本気です。聖竜王の脅威が本格化している現在、こちらも戦力を増強する必要があります。古竜を倒した実績があれば、お父様もお認めになるでしょう」

「忌み子が領主……⁉　しかも、ヴァルム家の対抗勢力だと⁉　ちっ、てめぇカル、育てられた恩を仇《あだ》で返すつもりか⁉」

「お黙りなさい！　レオン殿の発言は許可しておりませんわ」

レオンが口を挟んできたが、システィーナ王女が一喝して黙らせた。

「ほう。これはおもしろいのじゃ。カルよ、どうするのじゃ。わらわはこの話を受けてもいいと思うぞ」

アルティナも乗り気のようだ。

この島の領主にしてもらえれば、猫耳族を庇護するのも容易となる。

アルティナの好きな小説や、魔法の研究に必要な書物も、手に入りやすくなるだろう。

今の僕では領主など、荷が重いと思う。

だけど、僕はすでに一度死んだ身だ。

一度、死を覚悟した僕に恐れるものは何もなかった。

なにより、アルティナのためとなるのなら。

「ありがとうございます。ではアルティナと猫耳族を王国の民として、その権利を認めていただけませんか？　彼らこそ僕の領民です」

「わたくしも未だに半信半疑なのですが、カル殿は冥竜王を配下にしてしまったのですわよね？

……いいですわ。王国を守るために、冥竜王を御していただけるのなら、願ってもないこと。お父様に奏上いたします」

システィーナ王女はにっこり微笑んだ。

「ありがたき幸せです。領主のお話、謹んでお受けいたします」

僕は王女殿下に頭を垂れる。

僕は領主となるような教育など受けていないけど、領民がアルティナと猫耳族なら、特に気負う必要などない。

王国の慣例にとらわれず、僕の思う通りにこの島を統治すればいいと思う。

「王女殿下、俺はこのカル様に感銘を受けました。このお方なら、下の者を無下には扱わないでしょう。カル様の家臣にしていただけないでしょうか?」

竜騎士ローグが王女殿下に進言した。

彼はすでに猫耳族によって縄を解かれ、肩を回している。

「まあ、それは願ってもないことですわ。カル殿いかがでしょう?」

「はい。僕としてもありがたいお話ですが……見ての通り、ここは何もない島です。ローグさんのご家族に不自由な生活をさせることになると思いますが、大丈夫ですか?」

さすがにアルティナの隠れ家は、もう定員オーバーだ。猫耳族の村も壊滅状態だし、ここへの移住はかなり大変なことになるだろう。

「これは正直な領主様ですね! なに問題ありません。自然が豊かなこの島の方が、子供を育てるには向いていると思います。

なにより、俺はあなた様がヴァルム侯爵家を上回るところを間近で見てみたい。そのお手伝いをさせていただきたいのです」

ローグは歯を見せて笑う。

ベテラン竜騎士が仲間に加わってくれたのは、実にありがたかった。

「万歳！　万歳にゃ！　カル様が領主となってくれたら、ミーナたちはもう安泰にゃ！」

「今夜はお祭りにゃ！」

猫耳族たちが、飛び跳ねて歓喜を爆発《ばくはつ》させる。

飛竜アレキサンダーもその輪に加わって、雄叫びを上げた。

レオンはそれを忌々《いまいま》しく見つめる。

欠陥品として追放された僕に、力を封じられた冥竜王、邪魔者扱いの猫耳族に、冷遇された竜騎士。爪弾《つまはじ》き者の僕たちが力を合わせて、みんなで幸せに暮らせる領地を作るんだ。

「レオン様、システィーナ王女殿下に謝罪を……このままでは本当に死刑になってしまいますぞ！」

竜騎士のひとりがレオンに進言した。

「くぅっ……いくらシスティーナ王女でも、俺を死刑にするなんて横暴は……」

「レオン殿、わたくしは本気ですわよ。お父様にもかけあい、きっと極刑を申し付けます。お嫌ということでしたら、わたくしだけでなく、カル殿と猫耳族のみなさんにも謝罪なさい」

システィーナ王女は凛とした美声で言い放つ。

「お、俺にカルとネコ原人どもに頭を下げろだと⁉」

「レオン様！　王女殿下に対してその口のききかたは⁉　ヴァルム家そのものを危うくします ぞ！」

「もし、あくまで王女殿下に逆らうおつもりなら、もう従えません！　私もヴァルム家を退去いたします！」

「な、なんだと……っ⁉」

家臣たちからも非難の声が上がり、レオンは押し黙った。

「ぐぅうううっ！」

レオンは顔を真っ赤《まか》にして、歯軋《ぎし》りする。

「カ、カル。それとネコ原人、お、俺が悪かった……！」

なんとあのプライドの塊のようなレオンが謝罪した。

「心がこもっておりませんわ。もう一度！　それにネコ原人ではなく、猫耳族です！」

「ぎゃぁあああ！」

王女殿下の容赦のない追い打ちに、レオンは絞りだすような声を上げる。

「カル、猫耳族……お、おおおお、俺が悪かった！」

「はぁ？　なんですか、その尊大な態度は？　頭が高いですわ！　しっかり地面に頭をつけて土下座なさい！」

「ぎゃぁあああ！」

レオンは屈辱に絶叫した。

「システィーナ王女殿下、もう十分です。レオン兄上が猫耳族にしたことは確かに許せませんが。僕はレオン兄上の謝罪を受け入れたいと思います。幸い死者は出ませんでしたし……兄上を死刑にすることはお許しください」

なにより、レオンの秘密を暴露しすぎて、ちょっと気の毒になっていた。

好きな女の子に気持ちを知られて、ドン引きされるなんて、死刑になるよりツライかも知れない。竜騎士たちの人望も失ってしまったしね。

「まあっ、カル殿がそうおっしゃるのであれば……わかりましたわ。レオン殿は国外追放処分にとどめておきましょう」

王女殿下は僕に見つめられると、なぜか顔をポッと赤らめた。

「はぁ、国外追放だと⁉　重すぎる刑罰じゃねぇかよ⁉　俺は栄光あるヴァルム侯爵家の跡取りなんだぞ！」

「お黙りなさい！　不服なら百叩きも追加しますわよ！　カル殿に感謝なさい、この愚か者！」

「ぐうっ⁉」

「はぁ、カルの兄とは思えぬバカじゃな」

アルティナが肩を竦《すく》めた。

「ありがとうございます。王女殿下、実はもうひとつお願いがあります。僕はヴァルムの名を捨てたいと思います。僕に新しい家名をいただけないでしょうか？」

今までの自分を捨てて、新しい自分に生まれ変わるために、必要な儀式だった。

僕はもうヴァルム家に未練はない。死んだ母上も、僕の門出をきっと祝ってくれるだろう。

母上は僕に呪いを伝播《でんぱ》させてしまったことをずっと悔いていた。

あなたの未来を奪ってしまって本当にごめんなさい、と懺悔《ざんげ》していた。

いいや違う。この呪いを受けたおかげで、僕は無詠唱魔法を身に付けることができた。アルティナと出会うことができた。

母上が僕に与えてくれたモノは、すべて僕の幸福に繋がっていたんだ。それをこれからの人生で証明してみせる。

「わかりましたわ。ではこの島の古い名にちなんで、アルスターの家名を与えます。これからは、カル・アルスター男爵と名乗りなさい。誉れ高き英雄カインの血を引く者、あなたには期待しておりますわ」

「はっ！」

システィーナ王女は右手の甲を差し出した。

僕はその手を取ってキスをする。

これは王女への忠誠を示す行為だ。

　システィーナ王女は、ほんのりと頬を上気させて、僕の忠誠を受け取った。

「ではローグ、レオン殿はわたくしを襲った罪人として取り調べます故に、王宮に連行なさい」

「はっ！」

「ぢぐじょおぉおおおお！　英雄であるこのレオン様が罪人だとぉおお!?」

　レオン兄上はジタバタとみっともなく喚《わめ》いていたが、竜騎士ローグに連行されていった。飛竜に乗せられて僕たちの視界から、あっという間に消え去る。

「王女殿下、われらは……」

　指揮官を失ったヴァルム竜騎士団が、所在なさげに王女殿下に指示を請《こ》う。

「あなた方はヴァルム家に戻って、ことのしだいを報告なさい。わたくしは転移クリスタルを使って、いつでも王宮の自室に戻ることができるので、心配ご無用です。なにより、この場には、わたくしを守ってくださる誰よりも頼もしいナイトがいらっしゃいますからね」

　システィーナ王女はそう言って、僕に目配せした。

『誰よりも頼もしいナイト』とは、もしかして僕のことだろうか？　そんな風に評価されたことなど生まれて初めてだ。

　僕は緊張しつつ応《こた》えた。

「はっ。僕の領内での王女殿下の身の安全は、領主である僕が保証します。アルティナも頼むよ」

「ふむ、カルの頼みであるなら、任せておくのじゃ。王女よ、この島に滞在中は、わらわが守ってやる故に、大船に乗ったつもりでおるがよい」

アルティナも王女殿下の護衛を快く引き受けてくれた。

「カル殿と冥竜王殿が護衛についてくださるなら、わたくしも安心です」

システィーナ王女はニッコリと微笑む。

良かった。これでアルティナが王国の敵ではないことを、印象付けられたと思う。

「くっ、我らヴァルム竜騎士団は、王女殿下の護衛にはふさわしくないと……」

ヴァルム竜騎士団の面々は口惜しそうに、声を落とした。指揮官が反逆行為を犯したのだから、信用を失うのは仕方がないだろう。

「ミーナ、彼らを解放してくれ」

「はいですにゃ！」

猫耳族たちに、ヴァルム竜騎士団の拘束を解くように頼んだ。

「カル様。古竜討伐、誠にお見事でした……」

「われらが出る幕はありませんでしたな」

解放された竜騎士らは、僕に頭を下げた。

彼らは消沈した様子で飛竜に乗って、次々にこの場を後にしていく。

「うっ……」

その時、僕はめまいを感じて、一瞬、意識が遠のいた。

魔法の使いすぎで、魔力欠乏症の一歩手前の症状が出たらしい。緊張が解けたためか、身体が疲労を訴えていた。

王女殿下の護衛を引き受けたというのに、情けない。

「カルよ。大丈夫か⁉　今日はもう隠れ家に帰って休むのじゃ！　わらわが運んでやるぞ」

「いや、しかし、王女殿下の護衛が……」

「そのようなことはお気になさらずとも大丈夫です！　ご無理をしすぎたのですね。わたくしも付き添いますわ！」

「いや、王女よ。おぬしはもう帰るが良い。おぬしに何かあっては、領主であるカルの責任になるじゃろう？」

「いえ、わたくしはカル殿に少しでもご恩返しがしたいのです。ご一緒させていただきます！」

ふたりの少女の声が遠くに聞こえる。

僕はアルティナに背負われて、隠れ家へと運ばれた。その道中で、僕の意識は途切れてしまった。

＊＊＊

気づくと、心地良い湯の中に浸《つ》かっていた。

唇から何か熱い塊を流し込まれて、身体が一気に覚醒《かくせい》する。

「うっ、うーん……⁉」

「良かった！　気づいたのじゃな⁉」

なんと、お風呂の中でアルティナに口移しで、魔力回復薬《マジックポーション》を飲まされていた。

薄手の湯着姿のアルティナに密着されて……というか彼女の胸が、僕の胸板に押し付けられている。

「おぉあああ⁉　近ぃいいい！　というか、僕も湯着に着替えさせられている⁉」

びっくり仰天。寿命が縮む思いだった。

さらに湯着姿のシスティーナ王女が、洗い場に恥ずかしそうに立っているのを見て、追加の衝撃を受ける。

湯着を大きく盛り上げる胸が、なんとも悩ましいって……僕は王女殿下を相手に何を考えているんだ。不敬だぞ。

「良かった！　気づかれたのですね⁉　カル殿が魔力欠乏症の一大事でしたので、わたくしが着替えと入浴を手伝わせていただきました。本当はわたくしが魔力回復薬《マジックポーション》を飲ませて差し上げたかったのですが……」

王女殿下は涙目で、僕にすがりついた。

「はぁい⁉」

よりにもよって王女殿下に入浴の介助をさせたなんて……。

えっ、ていうことはシスティーナ王女に僕の裸を、み、見られた？

「王女の献身には助かったのじゃが、接吻《せっぷん》などさせられぬからな。わらわが口移しで、魔力回復薬《マジックポーション》を飲ませてやったのじゃ」

「そ、そそそんなことしなくても、放っておけば治るでしょ⁉」

そもそも、なぜベッドに寝かせるのではなく、風呂に入れる？

古代文明の遺産であるこの風呂には、抜群の疲労回復効果もあるけれど……。

「カル殿が気を失っている間に何かあれば、大変です。わたくしたちで、早急に治療しなければと思ったのです！」

「い、いや、それはありがたく、大変光栄に存じますが……どうして王女殿下まで、お風呂に入っているのですか？」

いろいろと訳がわからなかった。

「わたくしは古代魔法文明の復活を目指しています。古代文明の遺跡が、そのまま残っているなら、ぜひとも我が身で体験したかったのです。このお風呂場は、まさにオーバーテクノロジーですわ」

湯船の側面からは、気泡の入った水流が噴出されていた。ジェットバスというらしいが、これがたまらなく気持ちいい。

アルティナに密着されているので、さらに気持ちいいというか……いろいろと元気になりすぎて困ってしまう。

「そ、それなら僕が調査結果をまとめて提出させていただきます！　なにも王女殿下、自らが調査されずとも……」

「いいえ、カル殿！　ここまで完全な形で残っている遺跡は大変貴重なものです。なんとしても時間を作って、わたくしがまた直接、調査したいと考えておりますわ」

なんと……。

古代文明に対するシスティーナ王女の情熱がここまで強いとは思わなかった。

「それで、できればわたくしも、その湯船に浸かりたいのですが……」

システィーナ王女はなぜかモジモジしながら告げた。

「王女よ。残念じゃが、湯船はふたりで定員じゃ。わらわたちが出るまで待っておれ」

「くぅっ……わたくしは多忙の身。予定がつかえておりますので、冥竜王殿には申し訳ありませんが上がっていただきたいのですが？　わたくしがカル殿と入ります」

はぁ？　い、いくらなんでもそれは……。

王女殿下の美しいボディラインに、思わず生唾を飲み込んでしまう。

「そ、それなら、僕が出ます……！」

「カルは身体を休めるためにも、湯船に浸かっておるのじゃ！」

「カル殿はそのままでいてください！」

ふたりに同時に叫ばれて、驚いてしまう。

アルティナはシスティーナ王女を尻目《しりめ》に僕にハグしてくる。腰を持ち上げた僕は、湯船に押さえ込まれてしまった。

「おわっ⁉」

そんなことをされると、健全な男子の僕として、鼻血が出てきてしまう。アルティナは僕を消耗させようとしているのか、元気にさせようとしているのかわからなかった。

「ああっ⁉　カル殿が鼻血を⁉　やはり、激戦のダメージが残っていたのですね⁉　も、もう恥ずかしいなどとは言っておられませんわ！　わたくしが口移しで回復薬を飲ませます！」

「はぁ？　システィーナ王女、な、なにを……？」

システィーナ王女が最高級回復薬《エクスポーション》を手に取って、なにやら決然と僕を見つめた。

「さ、さあカル殿、目を瞑《つぶ》ってください……！」

「えっ？」

「王女よ、下がるがよい！　カルは湯船でのぼせただけじゃ。わらわとこうしておれば、自然と治る！」

アルティナが身体を張って、システィーナ王女を僕に近づけまいとした。

いや、原因はアルティナに抱きつかれているからであって、そんなに必死に密着されると逆効果だ。鼻血がさらに、ぼたぼたと垂れてしまう。

「冥竜王殿！　カル殿の鼻血が悪化していますわよ。やはり、わたくしが回復薬を口移しで！」

「だっー！　させんのじゃ！　なら、わらわがもう一度、口移しで飲ませてやろうぞ」

「ちょっとおぉおお!?　回復薬なら自分で飲めるから、ふたりとも離れて！」

僕は自分に【筋力増強《ストレングス・ブースト》】の魔法をかける。

無理やり立ち上がって、システィーナ王女から最高級回復薬《エクスポーション》をひったくると、そのまま一気飲みした。

「あああっ……」

アルティナとシスティーナ王女が、なぜか残念そうなうめき声を上げる。

いや、そんな目で見つめられても……。

＊＊＊

その後、システィーナ王女の強い要望で、彼女とも一緒に湯船に浸かった。王国貴族としては、王女殿下の頼みは断りにくく、押し切られてしまった。

「古代文明はやはりすばらしいですわね、カル殿！」

システィーナ王女は満面の笑みで、僕に寄り添ってくる。

「は、はい。そうですね……」

何か間違いがあってはならないと、僕は緊張してカチンコチンだ。

さっきから、システィーナ王女の胸が微妙に、僕の腕に押し付けられている気がするのだけど……王女殿下は自覚しているのだろうか？

「王女よ、なぜ、カルにくっつこうとするのじゃ？　離れるがよい！」

アルティナが湯船の外から、噛みつかんばかりに叫ぶ。

「……湯船が狭いのですから、仕方ありませんわ。不可抗力です」

「なら、なぜひとりで入らぬのじゃ⁉」

「王族は入浴中も護衛を側に控えさせておくものです。カル殿に護衛を頼んだ以上、当然ではありませんか？」

「くぅぬぅううう……⁉」

論破されてアルティナは、忌々しそうに王女殿下を見つめた。

その後、システィーナ王女はアルティナの隠れ家を一通り見て回った。古代文明好きの彼女は知的好奇心を大いに刺激されたようだ。

僕とアルティナはアレコレ質問攻めにされた。アルティナは途中から、閉口していた。

「え～いっ！　わらわはここを偶然見つけて引きこもっておっただけで、古代文明のことなど知らぬのじゃ！」

「……古代文字を読むこともできませんか？　400年も生きていらっしゃるのに？」

「特に興味がないのじゃ！　古代文字で書かれたラノベがあるなら別じゃがのう」

「ラノベ……？」

システィーナ王女は小首を傾げる。ふたりの興味の対象はかけ離れすぎていた。

王女殿下は特に【魔法基礎理論】の書物に大変興味を持たれ、内容の現代語翻訳が急務だと言われた。

「内容はもうだいたい頭に入っておりますので、あとで僕が、現代語にして書物に書き起こしたいと思います」

「本当ですか⁉　ぜひ、よろしくお願いしますわ！」

僕が引き受けると、システィーナ王女は感激していた。

そして、また必ずやってくると告げて帰って行った。

「カル殿！　またふたりで湯船に浸かりましょうね！」

「……いえ、ご入浴中の護衛は、今度はアルティナひとりに任せます」

「無論じゃ！」

王女殿下に来訪していただくのは光栄だけれど……一緒にお風呂に入るのは、本当にもうこれっきりにしてもらいたい。

《父ザファル視点》

「このバカ者がぁあああっ！」

「ぶべぇ!?」

ヴァルム家当主ザファルは岩のような拳《こぶし》を、息子レオンの顔面に叩き込んだ。

レオンはぶっ飛ばされて、壁をぶち破って倒れる。

ここはヴァルム家の屋敷だ。

罪人として取り調べを受けて帰ってきたレオンに、ザファルは制裁を加えていた。

まさか古竜討伐に失敗した上に、カルに王女を襲撃した罪まで暴かれるとは……。

あまりに予想外の失態に、ザファルは怒りが抑えられなかった。

「お前のおかげで、俺は皆の失笑を買ったのだぞ！　伯爵位に降格だと⁉　この栄光なるヴァルム家の歴史に泥を塗りおって、クズが！」

王家からの通達で、ヴァルム侯爵家は伯爵位に降格という信じがたい処罰を受けることになった。

ザファルはシスティーナ王女とレオンの婚姻を実現させ、公爵位を得ようと考えていたが、真逆の結果になってしまった。

王女はレオンの顔など見たくもないと国外追放という厳罰を強く要求した。

ザファルは平謝りした上に、王家と被害者貴族に多額の賠償金を払って、なんとかそれは免《まぬが》れた。

しかし、この事実は嘲笑と共に、瞬く間に貴族たちの間に広がった。

『なんでもレオン殿は、魔法の使えない無能と追放したカル殿に、古竜討伐の手柄を奪われたそうですよ』

『……カル殿は失われた無詠唱魔法の使い手であったとか。いやはや、当代のヴァルム家当主殿は人を見る目がないですな』

『レオン殿は気に入ったご令嬢を手に入れたいがために、自作自演で竜に襲わせていたそうです……王女殿下も被害に遭われ、大変なお怒りようだとか』

『跡取りが、そんな愚か者ではヴァルム家はもう終わりですな。未来を見据えれば、今のうちからカル・アルスター男爵と懇意にした方が良いのでは？　齢《よわい》14にして古竜討伐とは、伝説の英雄カイン・ヴァルム以上の傑物ですぞ』

ザファルが昨晩出席した国王主催の夜会で聞こえてきたのは、ヴァルム家の凋落《ちょうらく》をあざ笑う声だ。

レオンだけでなく、ザファルの評価も地に落ちていた。

「しかも、ローグと飛竜に寝返られただと？　部下をまともに掌握することさえできぬのか⁉」

ベテラン竜騎士のひとりが、カルの家臣となったことも痛手だった。その知識と経験が、そっくりアルスター男爵家に渡ってしまう。

「げぼろしゃああっ⁉」

ザファルはレオンの腹に鉄拳を打ち込んだ。

レオンは血反吐《ちへど》を吐いて、のたうち回る。内臓が潰《つぶ》れたようだ。

「俺が嫌いなモノはよく知っているだろう？　1に弱者、2に敗者、3に無能だ！　お前はそのすべてに当てはまる！」

ザファルは肩を怒らせて、息子に歩み寄る。まだまだ殴り足らなかった。

「あーあー、情けないんだレオン兄様は、私、結構憧《あこが》れていたのにさ」

レオンの醜態をニヤニヤしながら眺める少女は、シーダ・ヴァルム。13歳になるレオンの異母妹だった。

ザファルの妻が子供に伝わる呪いを受けたために囲った妾の娘だ。いわば、レオンのスペアである。炎を連想させる赤髪を、黒いリボンでポニーテールにしている。勝ち気そうな瞳をした少女だ。

「カル兄様は王女様から古竜討伐の手柄を認められて、男爵位を頂戴したんだってね。あー、これじゃヴァルム家の面目丸潰れだね」

シーダはこの状況を楽しんでいるようだった。

「て、てめぇシーダ、何が言いたい⁉　妾の娘の分際で、この俺をバカにするつもりか⁉」

レオンが怒声を上げるが、シーダはどこ吹く風だ。

「別にぃい？　ただ、レオン兄様がここまでの失敗をやらかしたのなら、次期ヴァルム家当主は私ってことになるよね？

私、自分より弱い男の下につくなんて、まっぴら御免なんだよね。

まさか、レオン兄様の自慢の怪力が、カル兄様のバフ魔法のおかげだったなんて、傑作じゃない！」

けらけらと手を叩いてシーダは笑う。かわいらしい顔立ちをしているが、そこには兄への情など一切ない。

それもそのハズ。ザファルは兄妹で競い合えと教えてきた。

「それにカル兄様は冥竜王をも支配下に入れちゃったんでしょう？　そんなスゴイ相手と、知恵も力も足りないレオン兄様で、対等に付き合えるの？」

シーダは最近、急激に実力を伸ばして自信をつけていた。

父や兄に対して、まったく物怖《ものお》じしていない。レオンに対しては、もはや見下す態度に出ていた。

「ねぇ父様、レオン兄様はさっさと廃嫡してさ。私を次期当主にしてくれないかな？　こいつには、もう目をかけるだけ無駄だよ」

「な、なんだと⁉」

「この俺に意見する気かシーダ？　カルが冥竜王を支配下に入れたなど、ハッタリに決まっている。くだらぬ話を真に受けるな！」

ザファルは娘を一喝した。

もし事実ならカルの能力は、すでにヴァルム家当主であるザファルを上回っていることになる。そんなことは断じて認める訳にはいかなかった。

「まあ、そうかも知れないけど、カル兄様が古竜を倒したこと。無詠唱魔法の使い手であることは、もう間違いないよね」

「ぐっ……！」

システィーナ王女の話もある。

それについては、疑問を差し挟む余地はなかった。

「一方で、レオン兄様は自作自演で王女様にけしかけた手下の竜に負けちゃうようなてい たらく。動機はモテたいから……？　妹としては、恥ずかしくて外も歩けないよ」

シーダは今まで妾の娘だと軽んじられてきたことの仕返しとばかりに、レオンに嚙みつく。

「クソッ、てめぇ！　妹の分際で⁉」

激高したレオンがシーダに摑みかかったが、足払いをかけられて転倒した。

シーダは心底、軽蔑《けいべつ》しきった目でレオンを見下ろす。

「ダサ……ホントにこの程度だったんだレオン兄様は」

「まさかシーダにまで手玉に取られるとは……レオンよ、これ以上失態を重ねたら、もはや次期当主の座はないものと思え！」

「ひっ、ひぃいいいい！」

レオンは怯えた犬のような悲鳴を上げた。

さんざんヴァルム家次期当主であることを自慢してきたレオンにとって、致命的とも言える宣告だ。

シーダは我が意を得たりとばかりに満面の笑みをこぼす。

「やっぱり、私が次期当主になった方がいいよ。私、カル兄様とは、割と仲良かったしさ。アルスター男爵家と、うまくやっていけると思うんだよね。無詠唱魔法にも興味があるし。

今度、アルスター島に遊びに行ってみようっと！」

「シーダよ。まさかカルと馴《な》れ合うつもりか？　そんなことは断じて許さんぞ！　そんなことを口にするなら、お前を次期当主にすることは、あり得んと思え！」

「へぇ～。了解……」

叱責を受けたシーダは、失望したような目をザファルに向けた。

追放したカルに好感を持っているなど、この娘は栄光あるヴァルム家の一員としての自覚が足りないようだ。しょせんは妾の娘である。

「まだ追求は終わっておらん。まさかカルが、伝説の無詠唱魔法の使い手だったとは……そのことに気づいていながら、この俺への報告を怠っていたな⁉」

「いや、まさかカルがそんなスゴイ魔法を習得していたなんて、思わなかったんだよ！」

見苦しい弁明をする息子を、ザファルはボールのように蹴り飛ばした。

「ぶばっ⁉」

レオンは天井や壁にバウンドしながら、廊下を転がっていく。

たまたま居合わせた侍女が、悲鳴を上げた。

「ヴァルム家に対抗する竜狩りの台頭など許してはおけん。アルスター男爵家に、竜や魔物討伐の依頼を出した貴族は、今後、ヴァルム家の庇護は受けられないと伝達しろ！」

ヴァルム家は国内に出現した竜を討伐する仕事で、地位と名声を盤石《ばんじゃく》なものにしてきた。

特に聖竜王が人間の領土に侵攻してきている現在、ヴァルム家の発言力は格段に増している。

多くの貴族は、ヴァルム家と懇意にしたいハズだ。

ヴァルム家の庇護が受けられないとなれば、新興のアルスター男爵家に依頼を出す貴族はまず現れないだろう、とザファルは考えていた。

「不安要素は芽のうちに確実に摘まねばならん。カルは猫耳族を領民にしておるのだな？　なら手の者を放って、猫耳族どもを根こそぎ捕らえて奴隷として売り飛ばせ。ヤツの領地を干上がらせてやる。この俺に逆らったことを徹底的に後悔させてやるのだ！」

ザファルは大声で吠《ほ》えた。

せっかく戻って来いと手を差し伸べたのに、それを突っぱねたばかりか、レオンの罪を暴いたカルが許せなかった。

あの恩知らずの出来損ないに、ヴァルム家を敵に回した愚を思い知らさねばならない。

＊＊＊

ヴァルム家当主ザファルは、この決断をやがて後悔することになる。

ザファルは思いもよらなかった。

やがてカルが、先祖のカイン・ヴァルムをも超える史上最強の英雄として歴史に名を刻むことを。

そしてカルを敵に回したことで、ヴァルム家が没落し、すべてを失うことを。

第三章　実家の嫌がらせのおかげで領地が発展

『カル殿。ひとつお願いがあります。わたくしは国の戦力増強のため、無詠唱魔法を広めたいと考えております。あなたには、その教師役を務めていただきたいのです』

　水晶玉に映ったシスティーナ王女が、意外なことを告げてきた。

　ここはアルティナの隠れ家だ。

　僕は王女殿下より、通信魔法の媒介となる水晶玉をいただき、これを通して会話をしていた。

「僕が教師ですか……？　しかし無詠唱魔法は、ようやく使えるようになってきたばかりで、まだ人に教えられる段階にはありませんが？」

『ご謙遜を。カル殿は、すでに古竜を倒せるほどの実力をお持ちではありませんか？

　わたくしは、アルスター島に王立魔法学校を作ってカル殿に校長になっていただきたいと考えているのですが、いかがでしょうか？』

　無人島は僕の領地となったことで、アルスター島と呼称されることになった。

　それにしても領主の地位に加えて、僕が魔法学校の校長？　あまりにも急激な栄達に、めまいがしそうだった。

さすがに校長とか教師なんて、無理。まだ僕は14歳。本来なら魔法学校で教わる立場だ。

そこまで考えて、僕は閃《ひらめ》いた。

「わかりました。では、まず猫耳族たちに、無詠唱魔法を教えたいと思います」

『まぁっ。それは素敵なお考えですわね！』

猫耳族たちがネコ原人扱いされているのは、魔法が使えないというのが、一因だった。

ならそれを覆《くつがえ》してやることで、彼らの地位の向上も図れる。

猫耳族たちが魔法を使えないのは、種族的な特性ではなく、単に知識や技術が伝達されていないからだと思う。

ちゃんと教えれば、魔法が使えるハズだ。

なにより、僕は他人に無詠唱魔法を教える経験が積める。

「ただ、時間はそれなりにかかってしまうと思いますので、長い目で見ていただければと……最低でも1年くらいは。魔法学校の設立はそれからということで、お願いできますか？」

『ありがたいです。魔法の修得に時間がかかるのは理解しています。1年以上の時間がかかっても問題ありません。

長期的な視点に立てば、無詠唱魔法を広めることは王国にとって必ずプラスになると、わたくしは確信しております。では、学校の建設計画は先に進めておきますわね』

システィーナ王女は満足そうな笑みを見せた。

『魔法が使えないとされてきた猫耳族が、無詠唱魔法が使えるとなったら……我も我もとアルスター王立魔法学校に入学希望者が殺到することになるでしょう。今から楽しみですわ』

「なるほど。そういった効果も期待できますね」

『はい。それとカル殿への竜討伐依頼も、わたくしからさせていただきます。ヴァルム家がさっそく動いて、カル殿に討伐依頼をしないように貴族たちを脅して回っているようです。カル殿が古竜を倒せたのは、レオン殿がすでに大きなダメージを与えていたからだと、デタラメも吹聴《ふいちょう》しています』

システィーナ王女は美貌をしかめた。

「えっ、父上たちはそんなことをされているのですか……？」

なぜ、そんなことをわざわざするのか、わからなかった。

そんなことをしなくても、みんなヴァルム家にこれまで通り依頼すると思うのだけどな。

『聖竜王の脅威がある現在、味方同士で足の引っ張り合いをしている場合ではないのですが。あの方たちは、自分のことしか考えておりませんからね』

システィーナ王女は深くため息をついた。

聖竜王は侵攻する国に対して、低級の竜や魔物の群れを散発的にけしかけ、国力が衰えたとみるや竜の大軍で畳み掛けるという戦略を取っていた。

国内に出現した竜や魔物は、傷口が広がる前に、すぐに殲滅《せんめつ》しなければならない。

にもかかわらず、貴族同士での派閥争いや、王位継承にまつわる暗闘などもあるようで、システィーナ王女はうんざりしているようだ。

できれば、僕は彼女の力になってあげたい。

「ではしばらくは、僕自身の修行と領内の整備に力を入れたいと思います」

そのためにも、まずは実力を身につけたいと思う。

なにより、魔法の研究や修行は楽しかった。

『今は力を蓄える時期ということですわね。猫耳族たちへの魔法指導もしていただく必要がありますし……そう考えれば、他の貴族たちから下手な干渉を受けないのは、好都合かも知れません』

「おっしゃる通りです」

『何か必要なモノなど、ありましたら用立てますので、遠慮なくおっしゃってください。魔法学校の設立に必要だとして、武器やアイテムなどを贈ることもできますわ』

「ありがたいお申し出ですが、王女殿下がアルスター領を特別扱いしているなどという噂《うわさ》が立っても困りますので……」

僕はちょっと驚いて固辞した。

確かに、領地防衛のために武器などは欲しいところだけれど、そんなことをすればヴァルム家などに付け込まれると思う。

『えっ、あ、そうですわね。少々、気が急《せ》いていたようです。無理を通せば、他の貴族らの反感を買いますからね。さすがはカル殿です』

システィーナ王女は頭を振って、なにやら考え込んだ。そして、ポツリと呟《つぶや》く。

『カル殿が順調に功績を挙げられたら、次は子爵の地位を……そうなれば、わたくしとの婚約も現実的に……』

「えっ？　申し訳ありません。よく聞き取れなかったのですが……」

『い、いえ。なんでもございませんわ！　そ、それでは、ご機嫌よう。カル殿には期待しておりますわ』

システィーナ王女は顔をぽっと赤らめ、なぜか慌てた様子で通信を終えた。

さて、やることも多いし、忙しくなりそうだぞ。


猫耳族の村に向かうと、ミーナが手を振りながら抱きついてきた。

「カル様！　見てくださいにゃ！　みんなの新しい家が建てられましたにゃ！」

「えっ、もう？」

まだ、古竜ブロキスとの戦いから2日ほどしか経《た》っていなかった。

「カル様の筋力バフ魔法のおかげですにゃ。パワー倍増ですごい勢いで作業がはかどって、今は宴会の真っ最中にゃ！」

その言葉通り、丸太を組みあわせて作った真新しい小屋がいくつも並んでいた。

猫耳族たちは村の中央に集まって、どんちゃん騒ぎをしている。

「うわっ、この鹿肉、信じられないくらい、美味《おい》しいのにゃあ！」

「うまい！　うまい！　死んだバアさんにも食わせてやりたかったにゃ！」

「ほれほれ、ドンドン焼くぞ。おぬしたち、遠慮なく食すがいいのじゃ！」

「うぉおおお！　冥竜王様、最高ですにゃ！」

アルティナが串刺しにした鹿肉を豪快に焚《た》き火《び》で、あぶっていた。

しかも、調味料として振りかけているのは古竜ブロキスがドロップした【古竜の霊薬】だ。

アルティナから猫耳族をパワーアップさせたいので、【古竜の霊薬】を使わせて欲しいと頼まれて、快く渡していた。

そういえばこれは、どんな効果があるのだろう？

「はぁああああああ──ッ！　力がみなぎってきたニャアアアンッ！」

肉を食べた猫耳族の男性が雄叫《おたけ》びを上げる。筋肉が盛り上がり、全身から爆発《ばくはつ》的な魔力が立ち昇った。さらに髪が黄金に輝く。

「な、なにこれ、どうなっているの……？」

「カル様にゃぁあああ！」

猫耳少女たちが僕に群がってハグしてきた。このハグは、どうやら猫耳族の女性による親愛のあいさつらしい。

しかも、彼女たちは全員が、昨日会った時よりも格段に美しくなっていた。

この魔性めいた美しさはアルティナに近い。

というか、顔が近いぃぃいいい。うわっ、胸が当たって……！

「ええい。おぬしら、さかるのはやめるのじゃ！　カルよ、王女との会談は終わったのじゃな？」

アルティナがやってきて、猫耳少女たちを僕から引き剝《は》がした。

毎回、こんなあいさつをされると身がもたないな。

「う、うん。それで一体、猫耳族たちは、どうしちゃったの……？」

「うむ！　【古竜の霊薬】を口にした者には、竜の力が宿る。生物として、ワンランク上の存在に進化するのじゃ」

アルティナが誇らしげに解説した。

「猫耳族は、猫耳族を超えた存在【ウェアタイガー】となったのじゃ！　これなら、人間や竜が襲ってきても、十分に戦えるぞ！」

「おおっ！　アルティナ様、ばんにゃーい！」

「もう何も怖くないにゃ！　人間の軍隊でも竜でもドンと来いにゃ！」

猫耳族はアルティナを女神のごとく、褒めたたえる。

「カルには最《もっと》も美味しい部分を残してあるのじゃ。これを食べれば、さらに魔力が強くなるぞ」

アルティナが細かく切って、【古竜の霊薬】を振った肉を渡してくれた。

猫耳族が進化するなら、人間である僕はどうなるのだろう?

一瞬、不安になったけど、好奇心が勝った。なにより、魔力が強くなると聞いては無視できない。思いきって頬張《ほおば》る。

「うまぁいいい⁉」

熱い肉汁を滴《したた》らせる肉が、脳髄を痺《しび》れさせるような旨味をもたらす。

さらに体内が熱くなり、魔力が爆発的に増大するのを感じた。これはスゴイ……。

「気に入ってもらえたようでなによりじゃ！　まだまだあるぞ。カルは宴会の主役なのじゃから、遠慮なく食べるがよいのじゃ！」

アルティナがうれしそうに、さらに焼いた肉を渡してくれる。

「猫耳族のみんなも魔力が大幅にパワーアップしているみたいだね。これなら魔法の習得もしやすそうだ」

「えっ！　もしかしてカル様はミーナたちに、魔法を教えてくださるのですかにゃ⁉」

「すごいにゃ！　すごいにゃ！　この前のカル様みたいなことが、できるようになるのにゃ！」

猫耳族たちは興奮に目を輝かせている。

「そうだよ。ミーナたちを襲う外敵から身を守れるようにね。最初はごくごく簡単な風魔法【ウインド】からだね。これから一緒に修行していこう」

といっても、僕が使える魔法のレパートリーは多くない。僕自身も、もっともっと魔法を極めていかないとね。

「はいにゃ！」

「カル様、さっそく教えて欲しいにゃ！　ミーナがカル様の一番弟子にゃ！」

「あたしもあたしも、カル様に教えて欲しいにゃ！」

「オイラにゃ！　オイラが先にゃ！」

猫耳族たちが一斉に、せがんでくる。みんなスゴイやる気だった。

「この村の繁栄のためにも、ぜひお願いいたしますにゃ。魔法が使えるようになるなど、我らにとっては夢みたいな話ですにゃ」

村長にも頭を下げられた。

「もちろんです。といっても僕は呪《のろ》いで魔法の詠唱ができないので……ふつうの教え方ができません」

魔法詠唱は、発音が命だ。魔韻《まいん》を正しく踏んだ呪文を発する必要がある。

詠唱をしようとすると声が出なくなる僕では、呪文を教えるのがそもそも不可能だった。

家族を迎えに行っている竜騎士ローグか、アルティナに代わりにやってもらうのが、いいかも知れないけれど……。

「そこで考えてみた伝授法があります。ミーナ、頭を出して」

「はいにゃ！」

ミーナがうれしそうに頭を差し出した。

読心魔法の使い方を逆転させて、僕の心の声を、ミーナの頭に届ける。

ミーナの脳内で再生しているのは【ウインド】の魔法詠唱だ。

「あっ、あっ、カル様の声が心に……これが魔法詠唱にゃ？」

「うん。これを心の中で正しく再生して、魔法術式を組み上げるんだ。精神を集中して……世界に干渉する感覚を摑《つか》めるかい？」

「難しいのにゃ。こうにゃ？　こうにゃ？」

ミーナは僕の教えたやり方を必死に再現しようとする。

「魔法詠唱は正しくやらないと駄目だから、感覚を身に付けるまで毎日繰り返す必要があるね。焦《あせ》らず気長にやっていこう」

「はいにゃ！　カル様、ご指導よろしくお願いしますにゃ！」

「あーっ！　ミーナばかり、カル様に頭を撫《な》でてもらってズルいのにゃ！　あたしもあたしも撫でてもらいたいのにゃ！」

「私にも魔法を教えてくださいにゃ！　カル様に頭撫で撫で！　でっへぇ！」

「うわっ……ちょ、ちょっとキミたち！」

猫耳族の女の子たちが、我も我もと押し寄せてきた。

やる気があるのは良いことだけど、何か彼女たちは、頭を撫でてもらうことを目的にしているような……。

僕が頭に手をおくと、女の子はみなうっとりとした上目遣《うわめづか》いになる。

うーん。彼女たちは、心にだいぶ雑念があるようだ。

無詠唱魔法の伝授は始めたばかりだし、試行錯誤しながら、気長にやっていくことにしよう。

＊＊＊

「無詠唱魔法って、そもそもなんですかにゃ？　ボクたちは、ふつうの魔法もあまり目にしたことがないんですにゃ」

僕は猫耳族たちを集めて、無詠唱魔法を教えるための教室を開いた。

集まった猫耳族は、みな頭に疑問符を浮かべている。

「詠唱をしないで、魔法を発動させる技術のことだよ。人間には発音できない他種族の魔法、強力な竜の魔法なども使えるようになるのが利点だね。みんなには、これができるようになってもらいたいと思うんだ」

「にゃん？」

そう説明しても、猫耳族たちはピンときていない様子だった。

最初は猫耳族たちは僕の解説を熱心に聞いてくれた。だけど15分もすると、彼らは集中力が切れてしまい、思い思いに寝転んだり、蝶《ちょう》を追いかけ始めたり、お弁当の骨付き肉を食べたりし始めた。

……勉強はみんな嫌いらしい。

「フリーダムで、なかなか楽しい連中じゃな。しかし、猫耳族に魔法を教えるのは骨が折れそうじゃの」

アルティナも打つ手なしと言わんばかりに、肩をすくめた。

「猫耳族に無詠唱魔法を覚えてもらえれば、もうネコ原人なんてバカにされることもないし、領地の守りも万全になると思ったんだけどな……」

「いきなり、難しいことをやらせようとしすぎかも知れんのじゃ。まあ、焦らずボチボチやっていくのじゃな」

確かにアルティナの言う通りだ。

無詠唱魔法を教える前段階として、黙って人の話を聞ける社会性を養ってもらう必要があるな。

まだまだ先は長そうだ。そう考えながら、隠れ家に戻ってくる。

「お帰りなさいませ、ご主人様ですにゃ」

するとメイド服姿のミーナが、エプロンドレスの裾《すそ》をつまんで、出迎えてくれた。

えっ、ヤバい、これはハートを撃ち抜くかわいらしさだな。

「おぉおおおおっ⁉　リアル猫耳メイドなのじゃ！　見よ！　わらわの長年の夢が、宿願が！ついに叶《かな》ったのじゃぁあああ！」

アルティナが大喜びでミーナに抱きついた。

「にゃ～ん。アルティナお嬢様、ミーナになんなりとお申し付けくださいませにゃ」

ミーナは誰《だれ》に教え込まれたのか、まさにメイドのようなことを言う。

「うわぁあああ！　カワイイのじゃ！　柔らかいのじゃ！　わらわを悶死《もんし》させる気かぁあああ！」

アルティナは大感動して、涙を流していた。

まさか、ここまで喜ぶとは……。

アルティナには世話になったので、王女殿下からいただいた古竜討伐の報奨金で、何か好きな物を買ってあげると提案した。

するとアルティナは「猫耳メイドこそ、至高の存在じゃ！　メイド服を買おうぞ！」と、目を輝かせてせがんできた。

猫耳メイド？　猫耳族から侍女を募るのも良いかもしれないと思って、承諾した。

そこで竜騎士ローグに必要な生活物資と共に、メイド服も買ってきてもらったのだ。

「……こほん。ミーナよ、すまぬが『お帰りなさいませアルティナお嬢様。ミーナはお嬢様の忠実なるメイドですにゃん』と、こんな風に、にゃんこポーズを取りながら言ってみてくれぬか？」

なにやら改まった様子で、アルティナが提案する。

「はいですにゃ！　お帰りなさいませアルティナお嬢様。ミーナはお嬢様の忠実なるメイドですにゃん♪」

「おわぁぁあああ⁉　我が生涯に一片の悔い無し！」

どうやらアルティナは好きな小説のキャラのコスプレをミーナにさせて楽しんでいるようだった。

リクエスト通りのポーズでセリフを言ったミーナを目の当《ま》たり《あ》にして、アルティナは悶絶《もんぜつ》している。

「ごめんなミーナ。何かアルティナの変なわがままに付き合わせてしまって」

僕はミーナの頭を撫でてあげた。

すると、ミーナは「はにゃーん」と目をうっとりさせた。

「ご主人様の撫で撫で、気持ちいいですにゃん！　もっともっと、撫でて欲しいですにゃん！」

ミーナは身体を擦《す》り寄せてきて、さらにおねだりしてくる。

もふもふの猫耳の気持ち良さと、少女の甘い香りのダブルパンチで、僕はノックアウト寸前だった。

「ぶっふ！　ヤバい、理想の存在すぎるのじゃ。よ、よし、次は紅茶を入れて欲しいのじゃ。美味しくなる魔法の呪文を唱えながらじゃぞ」

アルティナが鼻血を垂らしながら叫ぶ。

「美味しくなる魔法の呪文……？　味覚に作用するような精神干渉系の魔法？　いきなり、そんな高度なことを教えるのは無理な気がするけど」

「違うのじゃ。猫耳メイドが、紅茶を入れた後に『美味しくなーれ、萌《も》え萌えキューン！』と、手でハートを形作りながらかわいく言うだけで、気分的に美味しさ倍増！　なだけで実際に魔法を使う訳ではないぞ？」

「……そ、それに何の意味が……いや待てよ」

僕はふとアイデアを思いついて考え込んだ。

ミーナは茶葉を取り出し、いそいそと紅茶を淹《い》れる。

「さあ、ミーナよ。復唱するのじゃ。『お帰りなさいませアルティナお嬢様ぁ～。美味しくなーれ、萌え萌えキューン！』」

「はいです、にゃあ！」

アルティナの教えに従って、ミーナは紅茶に美味しくなる魔法をかける。

「おおっ、感動なのじゃ……」

アルティナは感無量といった感じで、大変満足して紅茶を飲む。

「そうだ、これだ！」

いきなり魔法を使わせるのではなく、まず呪文を復唱させることに専念する。

ミーナも遊びだと思って、楽しそうにやっている。

これなら他の猫耳族たちも、同じことができるんじゃないか？　よし、試してみよう。

「アルティナ！　すぐに他の猫耳少女たちを集めてくれ！　猫耳メイド喫茶をオープンしようと思う」

「なんとぉおおお⁉　いきなりそんなパラダイス空間を⁉　この島の産業作りじゃな⁉　観光地化じゃな⁉　燃えてきたのじゃ！」

アルティナは大賛成して飛び出して行った。

さて、何人の少女たちが協力してくれるかな……。


次の日——

「ふりふりしゃかしゃか。みっくすじゅーす、ふたつ」

「はいですにゃ、ご主人様！　ふりふり、しゃかしゃか！　美味しくなーれ、萌え萌えキューン！」

　メイド長のミーナに合わせて、３人の猫耳メイドたちがダンスを踊りながら、カクテルジュースを作ってくれた。

　僕とアルティナの目の前に、色鮮やかなトロピカルジュースが注《そそ》がれた。アルスター島に自生している果物を材料に使ったドリンクだ。

「か、完璧《かんぺき》だ……」

「完璧なのじゃあああ！」

　アルティナがなにやら、感涙している。

　僕もうれしい。

　練習の結果、猫耳少女たちは遊びの延長の感覚で、呪文を復唱しながらカクテルジュースを作ることに成功した。

　これなら実際に魔法を使うための下準備は、整ったといえる。大きな進歩だった。しかも……。

「これなら、喫茶店もできそうだね」

「おおっ！　夢の【猫耳メイド喫茶】なのじゃ！　わらわは毎日通うぞ！　そこで開店から閉店まで居座って小説も読むのじゃ！　あっ、布教のために何冊か寄付してもよいぞ」

　アルティナは大興奮だった。

僕としても、早めに産業を作る必要があったので、願ったり叶ったりだ。

領主は王国に対して、納税の義務がある。

王女殿下の依頼を受けて竜を倒せば、報奨金が手に入るが、そればかりを当てにする訳にはいかない。

早急に領内に産業を興《おこ》す必要があった。

【猫耳メイド喫茶】は猫耳族のすばらしさを伝えつつ、お金も稼げる妙案だ。

実際に、猫耳少女たちはかわいいし。

うん、これは流行《はや》りそうな予感がするな。

「ご主人様、ご褒美《ほうび》に撫で撫でして欲しいですにゃ！」

「メイド長だけズルいですにゃ。あたしも、あたしも、お願いしますにゃ！」

ミーナたちは、そう言って愛《いと》おしそうに僕にすりよってくる。

主人たる者、メイドの働きにはしっかり報いなければならない。

僕が頭や尻尾《しっぽ》を撫でてやると、猫耳少女たちは、幸せそうな顔になった。

「やっぱりご主人様の撫で撫では、最高ですにゃん。天上のもふり具合。ご主人様は神の手をお持ちですにゃ」

「それは良かった。ミーナ、喫茶店がうまくいったら、もっとモフモフしてあげるからね。あと、お給料も出すから好きな物を買うといいよ」

「うわっ、ありがたいですにゃ！　他の女の子たちにも、猫耳メイドになるように勧めるのにゃ！」

それは、願ってもないことだ。

まずはミーナに接客ができるようになってもらい、ミーナが他の女の子を教育するようなシステムにしていこうと思う。

そのため、ミーナにはメイド長という肩書きを与えた。

魔法の訓練の下地にもなるし、一石二鳥だな。

「あっ、でも厨房《ちゅうぼう》で調理担当をしてくれるコックを雇わなければならないか。となると、開店はしばらく先になりそうだな」

この何も無い離島に移住してくれるような奇特な人は、そうそういないだろう。

「うむむむむっ。仕方がない！　本当は客として通いたかったのじゃが。調理担当は、わらわに任せるのじゃ！　長い引きこもり自炊生活で、ある程度の料理ならできるぞ！」

アルティナが胸を張って言う。

「それはありがたい。この前倒した他の竜からも【竜の霊薬】がドロップしていたからね。最高の調味料で、魔力アップ効果もある【竜の霊薬】入り料理が食べられるという触れ込みで、集客しよう！」

「おおっ！　それはグッドアイデアなのじゃ！」

【竜の霊薬】は激レアアイテムだ。金持ちの貴族か超一流の冒険者でもなければ、口にできない。

それを味わえるのなら、この離島にやってきたい人は多いだろう。

すると、ピンポーン！　と、隠れ家のインターホンが鳴った。

「お客様ですにゃ！　はい、はーい！」

ミーナが来訪者を出迎えてくれる。この隠れ家には来訪者を告げる機能まであった。

「カル様、とりあえずですが、小屋とオープンテラスができました！」

やってきたのは竜騎士ローグだった。

彼は猫耳メイド喫茶のための店舗建設をしてくれていた。

「おおっ、ありがとう。さっそく見に行ってみよう」

「はっ！」

案内された先にあったのは、野外にイスとテーブルを並べた簡易な店だ。

建設に協力した猫耳族たちが、汗を拭っていた。

「猫耳メイド喫茶のメニューは、この島でとれた魚料理や果物、トロピカルジュースなんかを提供すれば、よさそうだな」

「お任せくださいにゃ！　猫耳族は、狩りや採取が得意ですにゃ！　イノシシなんかも捕ってこれますにゃ！」

ミーナが誇らしげに叫んだ。

自然豊かなこの島は、お金をかけずとも食材はいくらでも手に入る。

まずは、猫耳メイド喫茶で働くための従業員教育と、メニュー作り。それと並行して、ミーナには無詠唱魔法の訓練もしてもらおう。

まず、ミーナという成功例を作り、彼女にみんなを引っ張っていってもらうのだ。

「宣伝のために、本土に行く必要もあるな。そのための、チラシ作りもしなくちゃね」

「楽しくなってきたのじゃ！　チラシ作りもわらわに任せるのじゃ。夢の猫耳メイド喫茶のすばらしさを国中に広めてやろうぞ！」

「よし、アルティナ、一緒にがんばろう！」

「ミーナもがんばるにゃ！」

猫耳メイド喫茶が繁盛《はんじょう》すれば、猫耳族をネコ原人扱いする者も減るだろう。

こうして、無詠唱魔法の修行と産業作りがスタートした。

《兄レオン視点》
「ヒャハハハッ！　行くぞお前ら！　この島のネコ原人を根こそぎさらって、奴隷として売っ払ってやるぜぇ！」

俺《おれ》は獣人ハンターどもと、島に漁船で上陸した。

「へぃ。猫耳族は高く売れるで、ヴァルム家にバックアップしてもらえるとなりゃ、こちとら大助かりでさぁ」

獣人ハンターのひとりが、ニタァと下卑た笑いを見せる。

ひとつの村を相手取るとなると、かなりの抵抗を受けるので、コイツらにとっても美味しい話だったらしい。

「この天才ドラゴンスレイヤーの俺様が指揮を執れば、ネコ原人の村を壊滅させるなんざ朝飯前よぉ。外から火を放って混乱させてから、突入だ！」

「おおっ！」

俺が立てた完璧な作戦に、獣人ハンターどもから賞賛の声が上がる。

さぁ、楽しい復讐《ふくしゅう》タイムの始まりだ。

俺が落ちぶれたのは、何もかもカルの野郎が悪い。

以前は、ハーレムを築けるほどモテたのに、今は女の子と遊ぶことさえできなくなっちまった。

俺は王家から謹慎処分を言い渡された。

厳罰を喰《く》らわなかったのは、父上の尽力もあるが、俺のドラゴンスレイヤーとしての力が、この国にとって必要だからだ。

国王からは「おぬしはまだ若い。心を入れ替え、今後の働きによって罪を償うがよい」とお説教された。

ヒャハハハ、甘々な王様だぜ。

なら息抜きくらいは許されるだろうと思って、前に粉をかけた貴族令嬢のところにお忍びで出かけた。

だが、俺の悪評が耳に入っていて、追い返された。

「自作自演で、わたくしを竜に襲わせたなんて信じられませんわ！」

とのことだ。

ちっ、この俺がせっかく会いに行ってやったのに、何様のつもりだ？

……まあいい。俺に惚《ほ》れている娘は、まだたくさんいるからな。

そう思って、他のご令嬢のところに行っても同じだった。

前に会った時は、俺に媚《こび》を売ってきた娘が「気持ち悪い！　二度と顔を見せないでくださいまし！」などと罵倒してきた。

中には謹慎中に外出したことを王家にチクったヤツもいた。

ちくしょおおお！　ちょっと前までは、俺は貴族令嬢のピンチをさっそうと救う正義のドラゴンスレイヤーだったのに、今じゃ犯罪者扱いだ。

俺が好きだったシスティーナ王女はカルにぞっこんだし……妹からはバカにされるしで、順風満帆だった俺の人生はメチャクチャだ。

カルに仕返ししてやらねぇと気が済まねぇ。

あの野郎は領主になって調子に乗っていやがる。

ならその領民をさらって、吠え面《ほづら》かかせてやるぜ、ヒャハハハ！　何がネコ原人を庇護するだ。猫だけに根こそぎだぜ。

「レオン様、猫耳族の村が見えましたぜ」

「うん？　生意気にももう家が建て直されているな……おい、何人かで偵察してこい！」

「へい」

冥竜王アルティナがいないか確認させる。

バフと読心魔法くらいしか使えないカルになら楽勝だが、あの娘はちょっと無理というか……多分、俺が死ぬ。

俺はアルティナに腕を折られた恐怖を思い出して身震いした。かわいいのは外見だけで、ありゃホンモノの化け物だぜ。

やがて、偵察に行かせた男が戻ってきた。

「魔法で念入りに確認しやしたが、銀髪の娘はいないようです。ただ、少し気になることが……この村の猫耳族の容姿は、通常種と異なるような気が」

「うひゃははは！　なら勝ったも同然だぜ。オラッ、全員突撃！　狩りの始まりだぁ！」

俺はファイヤーボールを村に撃ち込む。家が爆発炎上して、大騒ぎになった。

俺を先頭に、獣人ハンターどもが村に突入する。

にゃーにゃー、と逃げ惑う猫耳少女の頭に、俺は棍棒《こんぼう》を振り下ろした。

「まずは1匹！　ヒャハハハハハッ！」

だが、その棍棒が受け止められた。

あれ……？　な、なんだ、このパワーは？

「はぎゃぁっ⁉」

逆に俺は殴り飛ばされて、地面を転がった。ぶーっと、鼻血が噴き出る。

「えっ？　レオン様がやられた⁉」

「天才ドラゴンスレイヤーじゃなかったのか⁉」

獣人ハンターどもが浮足立つ。

「賊にゃ！　みんな反撃にゃ！」

猛烈な勢いでネコ原人どもが、獣人ハンターどもに逆襲した。

視界がチカチカする中、なんとか起き上がると、なんと獣人ハンターどもが一方的にぶちのめされている。

「なんだコイツら、どうなってやがるんだ……⁉」

コイツらは魔法も使えないネコ原人。人間に狩られるだけの弱小種族のハズだ。有り得ない光景だった。

「ヒャアア⁉　レオン様、お助けぇえ……！」

ネコ原人のパンチ一発で、歴戦の獣人ハンターが地面に沈んだ。

「バカ！　俺の名前を出すんじゃねぇ！　ちっ！　もういい。魔法で村ごと、焼き尽くしてやるぜ！　この俺を舐《な》めるなよ！」

俺は上級魔法の詠唱に入った。俺の詠唱速度なら10秒もしないで、魔法が完成する。我ながら天才的な速さだぜ。

獣人ハンターどもも巻き添えを喰らうが、使えないコイツらに構うことはねぇ。

ひゃはははは、ネコ原人どもめ、格の違いを思い知らせてやるぜぇ。

「【ウインド】にゃ！」

「のぁぁぁあああーーー⁉」

俺の魔法が完成する寸前に、猫耳少女が風の魔法を放った。猛風が俺の身体を突き倒し、正体を隠すためにつけていた仮面が外れる。

「ぐっ……なんだ？　魔法だと？　しかも詠唱をしなかった⁉」

起き上がろうとすると、猫耳少女の蹴《け》りが腹に刺さった。

「げぇは⁉　はえぇ⁉」

しかも威力もかなりのモノで、俺は痛みに身体をよじる。

「にゃ、にゃ、にゃ！　無詠唱魔法が初めて決まったにゃ！　カル様の指導のおかげにゃ！」

誇らしげに小娘が胸を張った。

無詠唱魔法？　しかも、カルの指導のおかげだと？
マ、マズい、気づいたらネコ原人どもが群がってきていた。
「ミーナ、はしゃいでないでソイツを捕まえるにゃ！」

「あっ！　もしかして、この前、この村を襲ったレオン・ヴァルムかにゃ？」

「また、こいつか。許せないにゃ！」

周りを見渡すと、獣人ハンターどもは全員ヤラれてしまっている。

やべぇ。ここで捕まったりしたら、謹慎期間中に他領の村を襲ったなんてことになって、王家から大目玉を喰らってしまう。

なんとか逃げて罪を全部、無能な獣人ハンターどもに被《かぶ》せねぇと……。

「飛竜よ、こい！　火竜、コイツらをぶちのめせ！」

急降下してきた飛竜に、俺はしがみつく。さらに待機させていた火竜に命令を下した。

火竜が森の木々をなぎ倒して、猛然とネコ原人どもに襲いかかった。

漁船に偽装した大型船で、火竜を密《ひそ》かに島に運んだのだ。コイツが俺の切り札だぜ。

「ヒャハハハハッ！　ざまぁ見やがれ！　さすがに竜は相手にできねぇだろ。天才ドラゴンスレイヤーであるこの俺と、お前らとじゃ格が違うんだよ！」

ネコ原人どもはろくな武器を持っていない。火竜を倒せる訳がなかった。

しかし……。

「【雷吼《らいこう》のブレス】！」

視界をすべて白で塗りつぶす電撃が火竜を呑み込み、一瞬で消し炭にした。

「げはぁあああ！　なんじゃそりゃあああ⁉」

「カル様にゃあ！」

ネコ原人どもが大歓声を上げる。

い、今のは人間の魔法の域を超えていた。天変地異クラスの【竜魔法】だ。

ってことは、冥竜王アルティナの攻撃か……？

さすがというか、火竜出現からまったくタイムラグがない。まるで詠唱をしていないかのような詠唱速度の速さだ。

やっぱり化け物だぜ。俺じゃ、絶対にかなわねぇ！

雷撃が来た方向に視線を向けると、飛竜に乗ってカルとアルティナがやってきていた。

「や、やべぇ。早くずらからねぇと……！」

俺は慌てて、飛竜に離脱を命じた。

「敵の首魁《しゅかい》め。逃がすと思うたか⁉」

アルティナが身の毛がよだつような咆哮《ほうこう》を上げる。【竜王の咆哮《ドラゴンシャウト》】だ。

「ひぎゃあああ⁉」

俺の飛竜が、白目をむいて気絶する。俺も恐怖に意識を失った。

「ごはっ！　ごぼっ！　ちくしょおおお！　覚えてやがれよぉ！」

幸か不幸か、落ちた先は冷たい海だった。落下の衝撃で、俺は意識を取り戻す。

冥竜王アルティナ。あいつさえいなければ、すべてうまくいったのに……くそぅ、許せねぇ。

俺は屈辱に震えながら、必死に逃げ帰った。


「……で、この者らをどうするのじゃ？」

縄で縛った襲撃者たちを前に、アルティナが腕組みをした。

「どうやらヴァルム家に雇われて、猫耳族たちを拉致する目的でやってきたみたいだね……」

「いえ、違います！　違います！　俺たちが勝手にやっただけで、ヴァルム伯爵様は関係ありません！」

獣人ハンターたちは、首をブンブン振って否定した。

「白々しい。襲撃の指揮を執っていたのはレオン・ヴァルムじゃろう？　言い逃れはできんぞ！」

「そうにゃ！　そうにゃ！」

「カル様、このことを王女様に伝えて、ヴァルム家には厳重に抗議すべきですにゃ！」

村長が怒りを込めて進言する。

「もちろん、襲撃の背後関係も含めてシスティーナ王女に報告するよ。それとあなた方の持ち物は、すべて没収します」

それを聞いた獣人ハンターたちは、恐怖に凍りつく。

ヴァルム家に失敗の責任を取らされることを恐れているようだ。

「特にあの漁船はいいね。偽装のためだろうけど、漁網《ぎょもう》まであったのは、正直とてもありがたいな。これで、この島で漁業ができるね」

猫耳族を連れ去るために、獣人ハンターたちは漁船に偽装した大型船でやってきていた。アルスター島には船が無かったので、これはとてつもなくありがたいプレゼントだった。

「にゃ!?　ということは、お魚がいっぱい取れるのにゃ！」

ミーナのその一言に、猫耳族たちが目を光らせて興奮をあらわにした。

「そうだよ。網で魚を一網打尽にできるから、売るほど魚が手に入るね」

この島の食料事情が良くなるだけではない。漁業ができれば、お金が手に入る。

それを元手にさらに事業を興して、この島を発展させることができるだろう。

「本当ですかにゃ！　すごいにゃ！　すごいにゃ！」

「今夜は、またお祭りですにゃ！」

「おおっ！　これからは、魚貝料理がめいっぱい楽しめるという訳じゃな！」

アルティナも小躍りせんばかりに、喜んでいた。

獣人ハンターたちは、最高級回復薬《エクスポーション》や上質な武具も持ち合わせていた。ヴァルム家が用意した物のようだ。

もちろん、これらもすべて没収する。

「にゃ！　この剣はミスリル製にゃ！　これは良いモノが手に入りましたにゃ」

「こっちは鎖かたびらにゃ！」

「最高級回復薬《エクスポーション》も大漁にゃ！」

「うーん、こんなによいモノをたくさんプレゼントしてくれたとなると、逆に感謝しなくちゃいけないくらいだね」

「お、俺たちは、どうなるんですかい!?」

下着以外はすべて奪われた獣人ハンターたちが絶叫した。

「あっ、もう帰って大丈夫です。飛竜で本土まで送ります。ここには牢《ろう》とかないので」

罪人を閉じ込めておくのは、見張りの牢番を置いたり食事も用意したりで、意外と大変だ。

なので、早々に解き放つことにした。

「えっ、まさかそんな……持ち物を没収するだけ？」

「腕の一本くらいは切り落とされることを覚悟していましたぜ⁉　ありがとうございます！」

大半の者は感謝を口にした。

「ええっ⁉　カル様、これくらいで許しちゃって大丈夫なんですかにゃ？」

ミーナたち猫耳族は、不安と不満が混ざった目を向けてくる。

「彼らはヴァルム家に命を狙《ねら》われる身になるから、罰としてはそれで十分だよ。ヴァルム家が襲撃の首謀者であることは、王女殿下にお伝えするからね」

僕は読心魔法で、彼らの事情や背後関係まで、すべて調べた。

首謀者がヴァルム家だとバレたら、彼らは報復として、父上に殺されてしまうみたいだ。

それを承知でこの仕事を引き受けたのだから、残念だけど自業自得と言える。

彼らはこれから、恐怖に震えて生きていかねばならない。

猫耳族を狩って奴隷にするような悪人の末路としては妥当だろう。

「なるほど、なのじゃ。何もしなくても、ヴァルム家がこいつらのカタをつけてくれるということじゃな」

「ひっ！　そ、そいつは……ご領主様！　心を入れ替えますので、ご領主様の家臣にしてください！」

僕は涙目で訴えてきた男の頭に触れて、読心魔法を使った。

『俺たちを今すぐ殺さねぇところを見ると、コイツは甘ちゃんのガキだ！　うまく取り入れば……』

「すみませんが、お断りします。僕を甘ちゃんのガキなどと侮《あなど》る人を、家臣にすると思いますか？」

男の心の声を聞いた僕は、キッパリと断った。

「な、なぜ、それを⁉　まさか……心を読んで⁉　【精神干渉プロテクト】は万全だったハズなのに……？」

「ヴァルム家お抱えのAランク魔導師のかけたプロテクトを突破したのか……⁉　こんな子供が？」

「じゃあ、嘘《うそ》は無意味……！」

獣人ハンターたちは泡を食っていた。

精神干渉プロテクト？　はて、特に抵抗を受けた感じはなかったけどな。

「うむ、見事な裁きじゃ！　カルにはやはり名君の資質があるのじゃ！」

アルティナが喝采を叫び、僕に抱きついてきた。

「はにゃーん！　ミーナ、カル様がスゴすぎて、発情してしまいましたにゃ！　こんなにすばらしい方に支配していただけるなんて、幸せにゃ！」

「いや、ちょっとキミたち……！」

さらにミーナも僕を抱擁してきたので、慌てて離れる。特にミーナは瞳《ひとみ》を潤ませて、熱い吐息をついて、ヤバいことを口走っていた。

その日の夜、僕はさっそくシスティーナ王女に、レオンが率いる獣人ハンターから襲撃を受けたことを報告した。

「……レオン殿は反省の色なしということですわね。わかりましたわ。せっかくお父様が温情を与えたというのに。ヴァルム家には厳罰を与えます」

王女殿下は静かな怒りをたたえていた。

「実は良い報告もあります。猫耳族のミーナが無詠唱魔法を使って、襲撃者を撃退しました」

「まあっ。この短期間で、実戦で使えるレベルにすでになっているということですか⁉　王国の未来にとって明るいニュースです。よほどカル殿の教えが良かったのですね」

「恐縮です。ミーナたちは【古竜の霊薬】で、上位種の【ウェアタイガー】に進化したので、そのおかげだと思います」

「それもこれも、すべてはカル殿のご活躍のおかげです。幸先がいいことですね。わたくしもカル殿の領地がより発展するように、精一杯支援させていただきますわ」

システィーナ王女は笑顔で通信を切った。

支援？　具体的に何をしていただけるかは聞きそびれてしまった。

特別扱いはしないで欲しいと伝えてあるので多分、大丈夫だとは思うけど。

次の日も、獣人ハンターが猫耳族の村を襲撃して、ミーナたちに返り討ちにされた。先日のハンターたちとは別組織のようで、情報共有がされていなかったらしい。

もちろん、僕は読心魔法を使って背後関係を洗い出す。彼らを雇ったのは、やはり父上だった。

今回の獣人ハンターも、猫耳族を連れ帰るために大型の漁船に乗ってきていた。

漁師のフリをするために漁網や釣り具も用意されており、これらが無償で手に入ったのは実にありがたかった。

「父上、餞別《せんべつ》代わりにいただいておきます」

僕は父上に感謝の念を送った。

獣人ハンターたちは、身ぐるみを剝いで本土に送り返す。これで貴重な武器とアイテムが、またゲットできた。

おかげで、領地の戦力がかなり充実した。今や猫耳族は、高価なミスリル製の武器を身に着けていた。

もしや、父上は遠回しに僕を支援してくれているのでは？　と思えてしまう。

無論、あの人の冷酷な意図を知ったので、油断はしない。

「にゃん！　無詠唱魔法の威力はすごいのにゃ！　一方的に攻撃できるのにゃ！」

「カル様、僕たちも真剣に魔法の修行をしますにゃ！」

ミーナが魔法で活躍するのを目の当たりにして、猫耳族たちは修行をする気になってくれた。

これは実にいい傾向だった。

「よし、ミーナ。次は【筋力増強《ストレングス・ブースト》】を教えてあげるね」

「うれしいにゃ！　カル様、よろしくお願いしますにゃ！　ミーナはカル様の一番弟子にゃ！」

ミーナも魔法を使える楽しさに目覚めたようだ。

僕もうかうかしていられないな。

僕は弱点である魔力量《MP》アップの修行に、ますます精を出した。

アルティナいわく、魔力量《MP》が少ない状態で【竜魔法】を連発するのは、魔力欠乏症のリスクが高くて危険だそうだ。

「【雷吼《らいこう》のブレス】は、まだ1日2回が限度じゃろ？　しばらくは基礎修行に精を出すことじゃな」

とのことだ。

早く別の【竜魔法】も教えてもらいたいけど、まだ僕はその段階にはないらしい。

「おぬしは、段階を飛ばして強力な【竜魔法】を覚えてしまったのじゃ。スゴイことじゃが、危険な兆候でもあるのじゃ」

「そうだね。いきなり強すぎる力を身に付けると、使い方を誤って自滅することもあるからな」

過去の歴史を調べると、力に溺れて自滅した魔法使いの逸話は、枚挙にいとまがない。

強力すぎる魔物を召喚して制御できずに喰われてしまったなど、笑い話のようだが笑えない。

「その通りじゃ！　傑出した才能が身を滅ぼすこともある。強い力はリスクも伴う。焦らず、段階的に力をつけるのじゃぞ」

魔法の師匠として、アルティナが道を照らしてくれるのは実にありがたかった。

獣人ハンターたちの襲撃は次の日から、ピタリと収まった。

「……どうやらシスティーナ王女が、ヴァルム家に抗議してくれたみたいだな」

「ふむ。正直、もっと続いてくれた方が、ここが豊かになってよかったかも知れんの」

僕たちが眺める沖では、猫耳族が手に入れた2隻の大型漁船を使って漁をしている。

漁網を海に投げ込んで引っ張り上げ、大量の魚貝類をザクザクとっていた。

猫耳族たちは目を輝かせ、歓声を上げて漁にいそしんでいる。

おかげで、新鮮な魚貝料理にありつけていた。

とれたての魚を焼いて、塩をふって食べると夢中になるほどうまい。

今も、おやつの代わりにパクついていた。皮肉なことに、これもヴァルム家が指示した襲撃のおかげだ。

「ローグ、これらの魚貝類を買い取ってくれる商人に心当たりはあるかな？　アルスター男爵家として取り引きがしたい」

「はっ。御用商人を作りたいということでございますね。ツテがありますので、本土に行って声をかけて参りたいと思います」

竜騎士ローグがうやうやしく答える。飛竜を使えば主要な都市まで、2時間ほどで到着できた。

よし、領地を発展させるために、どんどんお金を稼いでいくぞ。

「御用商人か？　小説なども用立てて欲しいのじゃ！　わらわは、勇者パーティを追放された聖女アリシアの冒険譚《たん》の続きが気になる！　カルも気になるじゃろう？」

「あ〜っ、それもそうだけど。まずは、新しい服が欲しいかな。それから、お菓子とかだね」

「おおっ！　お菓子!?　わらわは、チョコレートが死ぬほど食べたいのじゃ！　甘い物を頬張りながら、ラノベを読む。これぞ、至福！」

い、色気より食い気か。

夢を膨らませていると、ミーナがなにやら大慌てでやってきた。

「カル様、大変にゃ！　大怪我《けが》をした人魚が網にかかったみたいですにゃ！」

第四章　海竜の討伐

《父ザファル視点》

「ヴァルム伯爵家当主ザファル殿、あなたにはカル・アルスター男爵に、賠償金３００万ゴールドの支払いを命じます」

氷のように冷ややかな顔でシスティーナ王女は、ザファルに告げた。３００万ゴールドとは、ヴァルム家の財政が傾くほどの大金だ。

ザファルは水晶玉による通信魔法で、王女と会話していた。

「今、な、なんと申されましたか……？」

「この度、ヴァルム伯爵家がアルスター男爵領で起こした領民の誘拐未遂と乱暴狼藉《ろうぜき》について、国王陛下も大変お心を痛めておいでです。今は国内で、愚かにも足の引っ張り合いをしている時ではないと、ヴァルム家の当主ともあろうお方が理解できませんか？」

ザファルは心臓が止まるほどの衝撃を受けた。とにかく、しらを切る。

「カ、カルの領地が襲撃されたなど、初耳です！　何を証拠に殿下は、私を犯罪者扱いなさるのでしょうか？　名誉毀損もはなはだしいですぞ！」

「獣人ハンターの陣頭指揮を執っていたのは、ご子息のレオン・ヴァルム殿だと、カル殿は証言されています。さらにレオン殿は謹慎期間中にもかかわらず、複数の貴族令嬢の屋敷を訪れていたとか。謹慎という言葉の意味を、もしやご存じない？」

「くっ……まさか、あのバカ息子……」

レオンが自らカルの領地を壊滅させたいと強く訴えてきたので、正体を秘匿しつつ陣頭指揮を執るように命じた。

それが、まさか正体が露見するような失態を冒すとは、開いた口が塞《ふさ》がらなかった。

それ以前に女好きをこじらせて、まだ遊び歩いていたとは……。

「さらにはカル殿の読心魔法により、襲撃を指示した首謀者はザファル殿であったことが明らかになっています。

正直、呆《あき》れました。逆恨みもはなはだしいです。竜殺しの英雄カイン・ヴァルムの血統も地に落ちましたね」

「な、なんと……！」

ザファルは驚愕《きょうがく》した。

獣人ハンターどもには、厳重な精神干渉プロテクトをかけたつもりであったが……。

欠陥品であるカルが、突破した？

もし本当だとすると、カルの魔法の腕前は最低でもAランク魔導師以上ということになる。

「殿下は、カルめの言い分のみを聞くということですか？　これはカルが父である私を陥《おとしい》れようとしているとしか……」

「お黙りなさい！」

ザファルの弁明を、王女は一刀両断した。

「温情により、レオン殿は国外追放を免《まぬが》れたというのに……カル殿に賠償金を支払わないということであれば、今度こそレオン殿を国外追放します！

この件については、国王陛下も同意しています」

システィーナ王女の目は怒りに燃えていた。

跡取り息子が国外追放などになれば、ヴァルム家はもはやおしまいだ。

「はっ！　か、かしこまりました。ではカルに賠償金を支払います故に、このことはくれぐれもご内密に……」

ただでさえ、ヴァルム家の悪評が出回っている状態だ。ここでさらに、他領を私怨《しえん》から襲撃したなどという噂《うわさ》が広がれば、致命傷となる。

「わかりましたわ。そうしていただけるのでしたら、この件については、これ以上追求はいたしません。

しかし、今後もし同じような問題を起こすなら、わたくしは決して容赦いたしませんわよ？

今回以上の厳罰を覚悟することですね」

「はっ、肝《きも》に銘じます」

まさか襲撃に失敗した上に、カルを利する羽目になるとは……。

ザファルは内心、はらわたが煮えくり返るような思いだった。

その怒りはカルだけでなく、レオンにも向いた。

まさかレオンがこれほどまでに無能であったとは……。

これならカルではなくレオンを追放すべきだったかも知れないが、すべては後の祭りである。

「ふふふっ……これで、カル殿に喜んでいただけますね。わたくしとカル殿の婚約に一歩近づけましたわ」

「……はっ、今、なんと？」

王女がボソッと漏《も》らしたことを、ザファルは聞き逃してしまった。

「な、なんでもありませんわ！　それとレオン殿にはわたくしの半径50メートル以内に決して近づかないように厳命します。パーティなどで会っても、絶対に声などかけてこないでください。気持ち悪い……！」

「はっ！　息子にしかと伝えます」

レオンが、ここまで王女に嫌われてしまうとは……。

システィーナ王女は第一王位継承者、やがては女王となる身だ。

レオンを当主に据えても、システィーナ女王の統治下では冷遇されることになるのは目に見えていた。

レオンが大手柄を立ててもして名誉を挽回《ばんかい》できなければ、シーダを当主に据えるべきだろう。

「賠償金の支払いはすみやかに行うように。用件は以上ですわ。下がりなさい」

「はっ！」

胃痛を感じながら、ザファルは通信を切った。

冷静に将来のことを考えようとするが、苛立《いらだ》ちを抑えきれない。

「くそぉおおお！　酒だ、酒をもてい！」

テーブルを叩《たた》きながら、侍女に命ずる。

「……父上、ただいま戻りました」

そこに、ガックリ気落ちした様子のレオンが帰ってきた。

「カルの領地を襲撃した件ですが、雇った獣人ハンターどもが予想以上に無能で、失敗……」

「無能はお前だぁ！」

配下に責任をなすり付《つ》けようとしたレオンを、ザファルは殴り飛ばした。

「げはぁ!?」

「今しがた、システィーナ王女殿下からお叱りを受けた。襲撃を指示したのがヴァルム家であったことが露見して、俺《おれ》はカルに多額の賠償金を支払うことになったのだぞ！」

「はっ、えっ……？」

口から血を流したレオンは、目を瞬《またた》いている。

「なんとしても、早急に手柄を上げろ！　王国政府より、海竜が港町で暴《あば》れ回っている故に、討ち取って欲しいという依頼がきている。我が領内でのことだ。送り込んだ竜騎士たちが返り討ちにあっている。

シーダと協力して、これを討ち取れ！　もし失敗したら今度はお前を追放して、シーダを当主とする！」

「は、はぃいいい！」

ザファルの剣幕に、レオンは逃げるようにこの場を後にした。

レオンは無能だが、異母妹シーダは有能だ。シーダに協力させれば、レオンの名誉挽回はなんとか叶《かな》うだろう。

シーダはレオンをバカにして嫌っているのが気がかりではあるが……さすがに兄妹で足の引っ張り合いをするほど、あいつらも愚かではないだろう。

ザファルはそう考えて、運ばれてきた酒をあおった。

だが、レオンのバカさ加減は、想像をはるかに超えていたことを、ザファルは後に思い知ることになるのである。

「知らなかったのにゃ。人魚って、足があるのにゃね」

ミーナが気絶した人魚族の少女を興味深そうに見つめる。圧倒的な美しさを誇る彼女は、猫耳族たちによって砂浜に寝かされていた。

男性たちは、すっかりその美貌に魅了《チャーム》されて、目がハートマークになっていた。僕も思わず生唾を飲み込んでしまう。

アルティナの視線が痛いので、頭を振って全力で煩悩《ぼんのう》を追い出す。

なにより、彼女は全身にひどい火傷《やけど》を負っていた。

「僕も実物を見るのは初めてだけど……人魚は陸上では人間と同じ二足歩行に。水中では、下半身が魚の形態になるようだよ」

僕はバックパックから、最高級回復薬《エクスポーション》を取り出す。

「人魚は争いを好まず、海底都市に引きこもって暮らしておる。人間や他種族の前に出てくるのは珍しいのじゃ。戦闘好きな竜種とは、対極に位置する存在じゃな」

アルティナはなにやら呆れたように息を吐く。

「人魚は他種族であろうとも異性なら虜《とりこ》にしてしまう【魅了《チャーム》】の魔力を備えておるのじゃ。おぬしら、あまりジロジロ、この娘を見るでない。知らぬ間に、恋の奴隷にされてしまうぞ」

「は、はいにゃ！」

たままだ。
猫耳族の男子たちが、直立不動の姿勢で答えた。そうは言いつつも、視線は少女に固定され

猫耳少女たちは、男子をジト目で見ている。

「……となると、【精神干渉プロテクト】が有効だね」

自身にかけると、湧《わ》き上がっていた少女への熱い想《おも》いがクールダウンする。

ふぅ～。成功だ。人魚族の魔力、恐るべし。

「知らなかったのにゃ！　カル様もアルティナ様も物知りですにゃ！」

ミーナが無邪気に褒めてくれる。

「僕は書物で読んだ知識があるだけだけどね」

「わらわも人魚と会うのは初めてなのじゃ。引きこもりという点では、シンパシーを感じるのう」

少女は重傷で意識を失っており、最高級回復薬《エクスポーション》を口に注《そそ》ぐが飲み込んでもらえなかった。

まずいな。これは一刻を争うぞ。

頭が熱くなるが、僕は最高級回復薬《エクスポーション》を口に含んで、少女に口移しで飲ませた。

「う、うらやましいにゃ!?」

「ぐっ！　わらわもやってもらいたいのじゃ！　今から気絶しようかの」

アルティナやミーナたちから、嫉妬《しっと》交じりの声が上がる。

えっ、キミたち、これは医療行為だからね。

「……あれっ？　傷が治らない？」

「やはりか。おそらく、この娘の怪我《けが》は冥属性の【竜魔法】【黒雷《くろいかずち》】によるものじゃな。治癒魔法を阻害する呪《のろ》いを受けておるのじゃ」

アルティナが驚くべき見立てを告げた。

最高級回復薬《エクスポーション》は封入した回復魔法の力で傷を癒《い》やす秘薬だ。

となると……。

「もしかして、この娘は冥竜に襲われたということ？」

この近くに冥竜がきているとなれば、大問題だ。冥竜は全竜種の中で、最大の攻撃力を誇る。

「そうじゃな。よく生き残ったというべきじゃが……ここまでのダメージを受けたとなると。かわいそうじゃが、このまま看取《みと》ってやる他にないの」

苦々しい口ぶりで、アルティナが断じた。

「にゃあっ!?　死んじゃうなんて、かわいそうにゃ！　なんとか、なりませんかにゃ？」

「うーむ。この呪いの解除となると、聖竜でも連れてこないと無理じゃな」

魔法以外の回復手段となると……。

その時、僕の頭に閃《ひらめ》くものがあった。

「……あっ、そうだ。古代遺跡のアレを試してみよう！」

「カルよ。アレとはなんじゃ？」

「アルティナの隠れ家には、古代人の残した治療カプセルという装置があったんだ。遺跡内の文献を読み漁《あさ》っていて、昨日、偶然、見つけたんだよ。どんな怪我でも、回復させてしまうらしい」

「なんと⁉　そんな便利なモノが、あの家の中にあったのか？　ま、まったく知らなかったのじゃ」

アルティナは目を白黒させていた。

「ただ、ホコリを被《かぶ》っていて。動くかどうかは微妙なんだよね……」

なにしろ2000年近くも前の代物だ。使えたら奇跡だった。

「でも。試してみる価値はあると思う」

僕は人魚の少女を担《かつ》ぎ上げた。


「ほ～。こんな隠し部屋があったのじゃな」

アルティナが感嘆の息を吐く。そこは物置きほどの小さな部屋だった。

僕たちの目の前には、透明な謎《なぞ》の溶液に満たされたガラス張りのカプセルがあった。その中に人魚族の少女を入れる。

息ができるかちょっと不安になった。人魚族なら、大丈夫かな？

「あとは、このボタンを押して。10分もすれば、どんな怪我や病気も完治するらしいよ」

僕は操作手順書に従って、祈るような気持ちで少女の治療を開始した。

「……動いてくれよ」

治療カプセル内に、気泡がボコボコと生まれる。

「おおっ！　まさに奇跡じゃな。ちゃんと動いたぞ！」

よし、第一関門はクリアだ。

だけど、まだ安心はできない。経過を見ないと……。

すると少女の火傷がみるみる回復して、肌が健康な色を取り戻していく。

「やった！　この治療カプセルの効果は本物だ！」

僕は思わず喝采した。

最高級回復薬《エクスポーション》でも、四肢の欠損までは回復できないけど、この装置では失われた肉体部位の回復もできるらしい。

まだ検証は必要だけど、本当だとしたら夢の装置だ。

「おおっ！　わらわだけでは、この装置を発見することも、使い方を知ることもできなかったのじゃ。カルがいてくれて、本当に良かったのじゃ！」

アルティナの賞賛に思わず照れてしまう。

「……ううっ……はっ、ここは!?」

その時、人魚の少女が目を開けた。ラピスラズリのような美しい青い瞳《ひとみ》をしている。

装置には治療中の人物と会話ができる機能もあり、外部スピーカーから声が聞こえてきた。

「あっ、気がついてよかったです。ここはハイランド王国領のアルスター島です。僕は領主のカル・アルスター男爵と申します。あなたを海で見つけて保護したのですが……」

「はぁ、男爵……？　気安く話しかけないで、辺境貴族の雑魚《ざこ》ふぜいが。私は人魚族の王女ティルテュ・オケアノスよ」

少女は傲慢に胸をそらして名乗った。

「な、なんじゃ、このエラソーな小娘は……」

アルティナが絶句している。

「私は海底王国オケアノスより、救世主とお告げの下ったカル・ヴァルム様にお会いしに来たの。竜狩りの名門貴族ヴァルム家に案内なさい！」

自分の要求が通るのが当然。自分は特別扱いされて当然という態度だった。さすがに、ちょっと引いてしまう。

「カル・ヴァルム……？　それは、僕のことですが？」

一瞬の間があった。人魚族の王女ティルテュは、驚愕に口をパクパクさせている。

「は、はいっ……？　でも今、アルスター男爵と……？」

「旧姓はヴァルムです。今は、アルスターの家名をシスティーナ王女殿下より頂戴しています。

えっと、それで僕にご用とはなんでしょうか？」

「しっ、ししし、失礼しましたぁ！　とんだご無礼を！　おっ、おおおお、お会いできて光栄です！　最強のドラゴンスレイヤー、カル・アルスター様！」

ティルテュ王女は恐縮したように身体を震わせて頭を下げた。

僕は困惑してしまった。

なんなんだ、この娘は……？

「なんとも見事な変わり身じゃな。最初は、わらわのカルのことを雑魚呼ばわりしておったのに……」

アルティナがティルテュ王女を不審の目で見つめる。

治療を終えたティルテュは床に両膝《ひざ》をついて、平身低頭になっていた。

「もっ、もも申し訳ありません！　最強のドラゴンスレイヤーっていうからには、きっと筋骨たくましい大人の男性かと思っていたので……助けていただき、ありがとうございました！」

「そんなに頭を下げなくても……ところで、僕が最強のドラゴンスレイヤーというのは、何の冗談でしょうか？」

人魚族の王女だというティルテュに、こんなにかしこまられると、やりにくい。

それになにやら誤解があるようだ。

「はい。海神様よりお告げがありました。カル・ヴァルム様は聖竜王が恐れる唯一の存在。そのお力を借りれば、我が海底王国を襲う海竜王リヴァイアサンを撃退できると……！」

「海神のお告げ……？　なんというか、過大評価すぎるような」

それに海竜王か。いきなり大物が出てきたな。

「私たち人魚族の王家は代々、海神様から予言をたまわる巫女《みこ》の家系です。海神様が、そのようにおっしゃったからには、カル様は最強のドラゴンスレイヤーに間違いありません！」

人魚姫からキラキラとまるで神を崇《あが》めるような目を向けられてしまい、二の句が継げなくなる。

「聖竜王めがカルの力を恐れて、魔法詠唱を封じる呪いを伝播《でんぱ》させたのは間違いないのじゃ。海神の予言は説得力があるのじゃ……で、おぬしに怪我を負わせたのは、海竜ではなく冥竜じゃろう？　海竜王リヴァイアサンは、冥竜も従えておるのか？」

アルティナがなにやら真剣な口調で尋ねた。

冥竜は、アルティナの元々の家来だ。

「はっ？　そうだけど……あなたはカル様の従者よね？　さっきから聞いていれば、主人に対する口のきき方がなっていないわよ！」

ティルテュがアルティナに指を突きつけた。

いや、なんというか、怖いもの知らずだな。

「えっ、いや。いいんです、ティルテュ王女」

「いいえ。カル様、こういった上下のケジメはきちんとつけるべきです。私たち王侯貴族には担《にな》うべき重責と誇りが……！」

「確かに、わらわはカルの配下であるが、同時に家族でもあるのじゃ」

アルティナは憮然《ぶぜん》と返した。

「はぁ？　何を訳のわからないことを……」

「ティルテュ王女……えっと、驚かずに聞いて欲しいんですけど。この娘は、冥竜王アルティナといって。聖竜王と敵対する七大竜王の一柱なんです」

「えっ……？」

ティルテュは呆気《あっけ》に取られたように硬直した。

「うむ。2代目冥竜王アルティナじゃ。わらわの元家臣どもが、海底王国で暴れ回っておるのではないか？　冥竜は竜の中でも、特に血の気が多い連中じゃからな」

「め、冥竜王というと、かつて世界を焼き尽くしたという伝説の怪物……！」

「それはわらわの母様じゃ。母様のバーサーカーっぷりは、突き抜けておったからな。わらわは平和と文化を愛する理知的なドラゴン故に安心するがよいのじゃ。趣味は読書じゃぞ」

「う、嘘《うそ》？　ホントに……？」

「はい。本当です。でも安心してくだ……」

「ひゃあああっ！　無理無理！　私なんか食べて美味《おい》しくないです！　だじげてぇえ！」

ティルテュ王女は脱兎《だっと》の勢いで後ずさって、僕の背後に隠れた。

「怖がらなくても大丈夫です。アルティナは人を食べたりしません。そもそも、聖竜王の呪いで人の姿に封じられているから、ドラゴンになれないんです」

僕はティルテュ王女をなだめる。

人魚姫は涙と鼻水で、美貌をグショグショにしていた。

冥竜に襲われた彼女としては、冥竜王は格別に恐ろしいようだ。もうちょっと、配慮して説明するべきだったかも知れないな……。

「そうじゃ、安心せい。人魚など襲ったところで、おもしろくもなんともないのじゃ。ラノベを読んでいる方がおもしろいのじゃ」

アルティナも腰に手を当てて、敵意を否定した。

「そもそも、わらわはカルの配下じゃぞ？　カルが助けたおぬしを攻撃する訳がなかろう」

「ほ、本当なの……？」

おっかなびっくりといった感じで、ティルテュ王女が問い返した。

「うむ。わらわは聖竜王と敵対しておる。聖竜王に賛同する他の竜王どもとは、違うのじゃ」

「ほっ。そ、それなら……って、冥竜王を配下に⁉　すっ、すすすごい！　やっぱりカル様は、神に選ばれた最強のドラゴンスレイヤーなんですね！」

ティルテュはさらに尊敬の念が増したように僕を見つめた。

これは困ったな……。

「それで、詳しくお話を聞かせていただきたいのですが、よろしいでしょうか？」

「は、はい！　もちろんです」

頬《ほお》を赤く染めながら、ティルテュ王女は大きく頷《うなず》く。

その時、通信魔法の媒介となる水晶玉から、呼び出し音が鳴った。

「カル殿。お喜びください。ヴァルム家から賠償金300万ゴールドを手に入れましたわ！　船でそちらに送りますね！」

システィーナ王女の弾んだ声が聞こえてくる。

僕は慌てて、水晶玉の置かれた机の前まで飛んでいった。

「システィーナ王女殿下、えっ、賠償金300万ゴールドですか？」

それは大豪邸が建てられるほどの莫大《ばくだい》な金額だった。

そんな額を父上から、もらってしまったのか？　ちょっとやりすぎなような。

「はい。それと本日は竜討伐の依頼があります。海竜王リヴァイアサンの手下が我が王国の港町を襲撃しています。

アルスター男爵家として、これを討ち取ってはいただけませんか？」

「海竜の討伐。謹んでお受けいたします」

アルスター男爵家は竜討伐のために新設された貴族家だ。一にも二にもなく、僕は引き受けた。

僕が手柄を上げることは、母上の名誉挽回にもなる。

「ありがとうございます。同様の依頼が王国からヴァルム家にもされておりますわ。無詠唱魔法の力を知らしめるためにも、ぜひヴァルム家に先んじて、討伐を果たしてください」

システィーナ王女が凛《りん》とした口調で告げる。

海竜の討伐は、ヴァルム家との競争ということか……。

被害を受けている人たちのことを思えば、実家と協力して討伐した方がいいだろうけど。それは父上や兄上は承知しないだろうな。

それに無詠唱魔法の学校を作りたいというシスティーナ王女の夢を叶えるためにも、ここで実績を作らなくちゃならない。

ただ、ふたつ懸念点があった。

「その上で、ご相談があるのですが。海竜は人間が手出ししにくい海に生息しています。僕は水属性の魔法や軍船を持っていませんので、海中に逃げられたら非常に厄介です」

「えっ、そ、そうなのですか？　申し訳ありません……この依頼は難しいでしょうか？」

システィーナ王女は顔を曇らせた。

もちろん、打開策はある。

「そこで王女殿下にお願いなのですが、ヴァルム家からの賠償金で軍船を買うことはできませんでしょうか？　海竜に攻撃されてもひっくり返らないような頑丈な軍船が手に入れば……！」

「なるほど、さすがはカル殿です！　海軍の払い下げの軍船が民間に出回っていないか、すぐに調べさせます。それとクルーの手配も」

「よろしくお願いします。海竜に対抗するための水属性魔法についてなのですが……」

「ハイランド王国のシスティーナ王女殿下？　初めまして。私は人魚族の王女ティルテュ・オケアノスと申します」

人魚姫のティルテュが顔を出した。

「おそらく貴国の港町を襲っている海竜は、我が海底王国オケアノスを攻撃している海竜どもと同じはずです。私も水属性魔法のスペシャリストとして、討伐のお手伝いをさせていただきます！」

ティルテュに協力を頼もうと思っていたので、願ったり叶ったりの申し出だった。

これで海竜と戦うための条件が揃《そろ》った。

「人魚族の王女様!?　こ、これはありがたいお申し出です。援軍、感謝いたしますわ。それで動かせる兵の総数はいかほどでしょうか？」

「兵はいないわ……」

ティルテュ王女は苦渋に満ちた声で応じた。

「えっ……？」

システィーナ王女は目を瞬く。ティルテュ個人ではなく、人魚族の軍が協力してくれるものと期待したようだった。

「我が国オケアノスは海竜王によって壊滅状態です。奴《やつ》らは民たちを奴隷にしています。王族もことごとく捕らえられ……私だけがなんとかカル様に助けを求めるために、お父様に逃がしていただきました」

まさか、そんな深刻な事態になっているとは……。

僕たちは言葉を失ってしまった。

「ですから、お願いです。厚かましいかも知れませんが、海竜討伐に協力する見返りとして、ぜひ我が国を救うためにカル様のお力を貸してください！」

ティルテュは必死に頭を下げた。

「わかりました。僕は救世主などではないですけど、協力したいと思います。システィーナ王女殿下、よろしいでしょうか？　海竜王は共通の敵です。ここは共同戦線を張るべきだと思います」

「はい、もちろんですわ。ティルテュ王女、これを機に我がハイランド王国と国交を開いていただくことは可能でしょうか？　人魚族は海をすべる種族。我が国の航海の支援をしていただけますと、非常に助かります」

「あっ、あああ、ありがとうございます！　オケアノスを救っていただいたあかつきには、もちろん国交を開くことをお約束します。

海の上でお困りなら友好国として、できる限りの支援、お手伝いをさせていただくことを、人魚族の王女の名にかけて誓います！」

ティルテュは歓喜した様子で、腰を勢いよく折った。

システィーナ王女は満足そうに微笑《ほほえ》む。

海竜の脅威が取り除かれ、人魚族と友好関係を結べたら、海上貿易や漁業の安全性が飛躍的に高まる。ハイランド王国にとって、とてつもなく大きなメリットだ。

「話はまとまったようじゃな。聞きたいのじゃが、竜王たちが滅ぼすと決めたのは人間だけじゃ。なに故に、海竜王は人魚族を攻めたのじゃ？」

アルティナが真剣な眼差《まなざ》しで質問した。

「め、冥竜王……！　海竜王の狙《ねら》いは【オケアノスの至宝】にあるようで、国中をひっくり返して必死に探させているわ。お父様が隠したから、まず見つからないと思うけど……」

「なぬ？　至宝とはなんじゃ？」

「【オケアノスの至宝】とは、人魚族の先祖が海神様より賜った、あらゆる魔法や呪いを無効化する宝珠よ。この力で私たちは海底王国への外敵の侵入を防いできたの」

その一言でピンときた。

「……そういうことか。その【オケアノスの至宝】があれば、アルティナの呪いが解けるんだ！」

「ふむ。わらわが復活する可能性を潰《つぶ》しておきたかったということか？」

「おそらく、そうだと思うよ。よし、海竜王を倒してアルティナの呪いを解こう！　ティルテュ王女、【オケアノスの至宝】をそのために使ってくださいますよね？」

「冥竜王の復活のために……っ⁉」

ティルテュは全身を硬直させた。

だけど、迷いは一瞬で解けたようだ。彼女は僕に深々と頭を下げた。

「も、もちろん、海底王国オケアノスを救っていただけるのでしたら、どのようなお礼でもさせていただきます！　どうかお願いします、カル様！」

《兄レオン視点》
「天才ドラゴンスレイヤーであるこのレオン・ヴァルム様がきてやったというのに、なんだこの安酒は⁉」
「きゃあああああっ！」

俺はテーブルを蹴《け》り上げて、酒と料理を盛大に床にぶちまけた。給仕役の若いメイドが悲鳴を上げる。

　ここはヴァルム家所領である港町ジェノヴァの町長宅だ。王国からの海竜討伐依頼で、この俺がわざわざ足を運んだというのに、クソ不味《まず》い酒を出しやがった。

「最近の俺のお気に入りはブリューヌ産の高級ワインだ！　それくらい調べて、事前に用意しておくのが当然の礼儀だろう⁉　支配者であるこの俺が、海竜を退治してやろうってのに、感謝の気持ちがねぇのかよ、あっあーん⁉」

「も、申し訳ございません。とんだ粗相を！」

　町長がメイドと共に、平謝りした。

　それを見て、俺は多少は気分が良くなった。ここは女で口直しするか。

「へへへっ、酒はマズイが、そこのメイドはちょっとかわいいな。おい、お前、今晩、俺の部屋にくる栄誉を与えてやる！」

「どうか、お許しを！　こ、これは私の娘でして……！　来月には婚儀を控えているのです！」

　町長は必死に頭を下げ、メイドは小動物のように震えていた。

「あーん？　んなことは関係ねぇな！　ちょっと俺の世話をさせるだけだろうが。いいから、その娘を部屋によこせ！」

「レオン兄様、八つ当たりはやめときなよ恥ずかしい」

異母妹のシーダが蔑んだ様子で、口を挟んできた。

「カル兄様に無様に負けた腹いせがしたいのはわかるんだけどさ。天才ドラゴンスレイヤーとか名乗るのは、痛々しくて見てられないんだよね。

この前、アルスター島から海水浴をして帰ってきた話、聞いてるよ。猫耳族に返り討ちにされたんだってね？」

「なっ……!?」

「ごめんね町長さん、レオン兄様がバカすぎて。盛りのついた駄犬って、始末に負えないよね。無視しといていいよ。あっ、お姉さんシーフードピザ、おかわりね！」

「は、はい。ただいま！」

シーダのリクエストに、慌ててメイドが下がっていく。

俺が料理を台無しにしたことに、シーダは生意気にも腹を立てている様子だった。

「チッ！　てめぇ、妾の娘の分際で、ヴァルム家次期当主であるこの俺様に逆らおうってのか!?」

下民どもの前で面目を潰されては、黙ってはいられない。俺はシーダの胸ぐらを掴《つか》んだ。

「ぷっ！　まだ自分が次期当主になれるとか思っているの？　妾の娘にも負ける腕力で？」

「いでぇええええ!?」

シーダは俺の両腕を掴んで、力任せに外した。小娘とは思えない怪力に、腕の骨がミシミシと軋《きし》む。

「ねぇ、レオン兄様のどのへんが天才だか、私に教えてくれないかな？」

こ、こいつ、いつの間にこんなに強くなっていたんだ？

やべぇ。このままだと次期ヴァルム家当主の座が本気で危ねぇかも……。

なら魔法でぶっ殺してやる。

兄より優れた妹など、存在しねぇ！

俺は高速詠唱で、魔法をわずか5秒で編み上げようと……。

「遅い！」

次の瞬間、シーダは俺の顎を殴り上げた。顎が砕けると思えるほどの衝撃。

「ごばぁあああ！」

俺は真上に飛んで天井《てんじょう》に首から刺さり、そのまま気を失った。


くそぅ、くそぅ！　シーダのヤツ、妹の分際で、この俺に恥をかかせやがって。ぜってぇ許さねぇ。

俺は軍船で海竜が生息するという海域に向かいながら、怒りまくっていた。

昨日、シーダからアッパーを喰《く》らって気絶したため十分に休めなかった。

これから港を襲う海竜と一戦交えようというのに、最悪だぜ。

「きゃはははっ！　うわっ、また釣れたよ！」

「お見事です、お嬢様！」

「シーダお嬢様がいれば、海竜など恐るるに足りません！」

「うん、うん、任せておいて！」

シーダは海に釣り糸を垂らして、呑気《のんき》に釣りを楽しんでいた。

クルーたちは、どうも俺よりもシーダに期待しているらしく、合いの手を入れている。

ちくしょう、いい気になりやがって……。

だが、すぐにその笑顔は、泣きっ面《つら》に変わるぜ。


俺の今回のターゲットは海竜ではない。シーダだ。

ヤツも、まさかと思うだろうな？　そこが狙い目なんだよ。

俺が天才たる由縁は、この知略にあるんだぜ。


ヴァルム家の次期当主になるために、もっとも確実なのは馬鹿《ばか》正直に手柄を上げることなんかじゃねえ。ライバルを消すことだ。

この海の上で、クソ生意気な異母妹を軍船ごと亡き者にする。そうすりゃ、嫌でも次期当主の座が転がり込んでくるって、寸法だ。

「ひゃははははっ！　さすがは俺！　脳筋バカ妹なんかとは、頭のデキが違うぜ！」

俺は自分の完璧《かんぺき》な計画に酔いしれた。

その時、ひときわ大きな波が押し寄せ、甲板が大きく揺れた。

「海竜だぁ！」

見れば巨大な3匹の海竜が、海から首を出してこちらに突進してきている。海竜は竜種の中で、もっとも巨大だ。

体当たりをされて、船に穴でも開いたらそれだけで全員、海の藻屑《もくず》だ。

「ようやく、お出ましか。待ちかねたぜ」

俺は今使える最強の攻撃魔法【爆　裂《エクスプロージョン》】の詠唱に入った。無論、俺の行動を怪しむ者は誰《だれ》もいない。

「近づけさせるな！　撃ち方始め！」

軍船の大砲が火を吹いた。いくつもの水柱が上がり、海竜が苦痛の咆哮《ほうこう》を上げる。

「ようやく、出番だね。行くよ、ルーク！　みんな私に続け！」

「はっ！」

シーダが喜々として、相棒の飛竜に駆け寄った。

その後に、部下の竜騎士どもが続く。

「シーダお嬢様、ご武運を！」

シーダの出陣に、みんなが期待の声援を送った。

ひゃは、今だぜ。

俺はシーダに爆裂魔法を叩きつけた。閃光《せんこう》と同時に、甲板に待機していた飛竜たちが爆発《ばくはつ》で吹き飛び、船体が大きくえぐられる。

軍船は魔法障壁で全体がガードされていたが、障壁の内側からの攻撃には脆《もろ》かった。

「くはははは っ! バカめ、大成功だぜ!」

俺が口笛を吹くと、上空に偵察と称して飛ばしておいた飛竜が降りてくる。

この飛竜は俺の配下だ。俺の言うことしか聞かないように躾《しつ》けてある。飛び乗って上空に俺だけ脱出した。

「シーダ、お嬢様!?」

「な、何が起こったぁ……!?」

甲板がふたつに割れて、船が沈んでいく中、兵たちは大混乱に陥った。

「ぐぁ、ルーク!? ……ま、まさかレオン兄様!?」

妹は飛竜ルークにとっさに庇《かば》われて、致命傷には至らなかった。

盾となった飛竜は悲しそうに鳴くと、血の海に沈む。

だが、飛竜はこれで全滅。脱出の手段はなくなったぜ。さらにはシーダもボロボロで、アイテムを入れた腰のバックパックも吹っ飛んでいた。

その無様な妹の姿に、俺は笑いが込み上げてくる。

「シーダ、兄であるこの俺様をさんざんバカにしてくれたな！　ざまぁみやがれ！」

「ま、まさか、これほどのバカだったたなんて⁉　降りてこい卑怯《ひきょう》者！　ルークのかたきを取ってやる！」

シーダは俺を睨《にら》みつけて、吠《ほ》える。

ヤツは巨大なファイヤーボールを連続で生み出して投げつけてきた。

だが、俺はすでに魔法攻撃の射程外に離脱していた。我ながらすばらしい知略の冴《さ》えだった。

「ひゃはははは！　誰がてめぇの相手なんざするかよ！　てめえは奮闘むなしく海に散ったって筋書きだ！　これでヴァルム家次期当主は、俺に決定だぜぇ！」

「レオン、自分が何をしたのか、わかっているのかぁあああ⁉」

シーダの負け惜しみの絶叫が、俺の耳に心地よく響く。

ああっ、最高の気分だぜ。

「今の魔法攻撃は、レオン様の仕業《しわざ》なのですか⁉　あ、あり得ない！　なぜ⁉」

「ずっとヴァルム家に仕えてきたのに、どうして、こんな非道な仕打ちを⁉」

兵たちはようやく状況を理解したようだが、次の瞬間には海竜に激突されて、船体が砕け散った。

「ハハハハハッ！　天才ドラゴンスレイヤーの俺様の完全勝利だ。ありがとうよ、海竜ども！」

俺は勝利の笑い声を上げた。

できれば、ここで海竜をすべて討ち取ることができれば完璧なんだけどな……。

まあ、俺は無理しない主義だ。さっさと帰って、次期当主の座を得た勝利の美酒に酔いしれるとしよう。

「なぁっ⁉　あの船は……⁉」

だが、視界の端に猛スピードでこちらに迫ってくる軍船を見つけて、俺はギョッとした。

その軍船はカルを当主とする新興のアルスター男爵家の旗を掲げていた。

「ヴァルム家のみなさん、カル・アルスター男爵です！　救援します！」

魔法で拡大されたカルの大声が、海原に響き渡った。


「ティルテュ王女、【水流操作】最大船速！」

「任せておいて！」

甲板に立った人魚姫のティルテュが、水流を操作し、軍船を飛ぶように滑走させる。水魔法を得意とする彼女の真骨頂だ。

「カ、カル様だ！　カル様が助けにきてくださったぞ！」

「信じられない船速だ！　もしや水魔法のスペシャリストを何人も召し抱えているのか……⁉」

海に落ちたヴァルム家のクルーたちが、歓声を上げた。

「アルティナ、【竜魔法】【黒炎のブレス】だ！」

「うむ、敵たった3体。いずれも小物じゃ。蹴散らしてやろうぞ！」

冥竜王アルティナが、人間には発音不能な魔韻《まいん》を含んだ呪文を詠唱する。彼女を中心に爆発的な黒い魔力が噴き上がった。

その威圧の前に、海竜たちは怯《おび》えたように動きを止める。

「め、冥竜王ともあろうお方が、誠に人間の犬に成り下がったか⁉」

「ふん、敵の敵は味方という言葉を知らぬのか愚か者め！　それに、わらわは人間を滅ぼされると困るのじゃ！　小説の続きが読めなくなるじゃろうが！」

海竜からの罵声を、アルティナは笑って跳ね除ける。

「この世から消えるがよい【黒炎のブレス】！」

轟音《ごうおん》と共に放たれた黒い炎の奔流が、海竜たちを一瞬で焼き尽くした。それは生命を蝕《むしば》む高純度の呪いだ。

「すさまじい威力だ！　カル様が冥竜王を支配下に入れているという噂は本当だったのか⁉」

「すごい！　ちょっと、めちゃくちゃな破壊力だわ！」

ヴァルム家の者たちだけでなく、ティルテュ王女も驚嘆していた。

アルティナが味方で良かったと、つくづく思う。

「まだ敵がいるかも知れない。みんな油断しちゃ駄目だ！　ローグとミーナは救命浮き輪を撒《ま》いて！」

「がってんです！」

「任せてくださいにゃ！」

竜騎士ローグと、猫耳族のミーナがヴァルム家の者たちのために、救命浮き輪を次々と投げた。

猫耳族に命じて、水難者の引き上げ作業を行う。

「カル兄様！」

瀕死《ひんし》の飛竜を担いで、甲板に跳び上がってくる少女がいた。僕のひとつ下の異母妹シーダ・ヴァルムだ。

母親が違ったこともあり、実家にいた頃は微妙な距離感があった妹だ。

「お願いだよ。私のルークを助けて……！」

見ればシーダは全身ズタボロで、回復アイテムも失ってしまっているようだった。

「わかった。最高級回復薬《エクスポーション》を飲ませる」

「あっ、ありがとう……！　恩に着るよ」

僕はシーダの飛竜に駆け寄ると、最高級回復薬《エクスポーション》をその口に流し込んだ。

飛竜の閉じていた目が開き、全身の傷がみるみる塞がっていく。

飛竜は感謝するように、大きく鳴いた。

「ああっ、ルーク、ルーク！　良かった。本当にもう駄目かと思ったじゃないか⁉」

シーダは感極まったように飛竜に抱擁した。

「お前は私のモノなんだからね。私の許可なく、死ぬなんて絶対に許さない！」

「ぐぉおおおん！」

飛竜はシーダをあやすように、鳴く。

そういえば、この飛竜はシーダが自ら世話をして育てていた。

妾の娘と蔑まれ、実家で僕同様に居場所のなかったシーダにとって、心を許せる貴重な友人なのだろう。

「シーダ、その火傷は海竜にやられたモノじゃないよね？　一体何が起こったんだ？」

僕はシーダに最高級回復薬《エクスポーション》を手渡しながら尋ねた。海竜は火属性の魔法は使えないハズだ。

「ありがとう……実は、レオンが。裏切り者が。絶対に許さない！」

シーダは最高級回復薬《エクスポーション》を飲み干すと、怒りに全身を震わせた。

「まさか、レオン兄上が妹を……味方を撃ったと？」

事実だとしたら、あまりにもヒドイ。

海での諍《いさか》いごとは、乗員全員の死に直結する。船上で魔法をシーダに向けて撃ったのだとしたら、単なる兄妹喧嘩《げんか》では済まされない暴挙だ。

「許さない！　許さない！　ルーク飛べる？　アイツを……レオンを追って！　丸焦《こ》げにして海に沈めて、魚の餌にしてやる！」

「待てシーダ。今は溺れている人たちの救助が先だ。レオン兄上が逃げ去ったのなら、ヴァルム家のここでの最上位者はキミだろ？　元気が有り余っているなら、救助作業を手伝ってくれないか？」

僕は口笛を吹いて、飛竜アレキサンダーを呼び寄せた。跳躍して、その背に乗る。

「……っ！　カル兄様がそう言うなら！　レオンに落とし前をつけるのは、後のお楽しみに取っておくとするよ」

僕が飛び立つと、シーダも飛竜に乗って後についてきた。

僕たちは波間に漂う人たちを拾い上げて、飛竜に乗せる。

「あ、ありがとうございます！　ありがとうございます！」

「カル様、このご恩は一生忘れません！」

救われた人たちは、涙ながらに感謝を口にした。

一通りの救助作業を終えて、甲板に戻ってくる。助かった人たちは、お互いの無事を喜び合っていた。

「シーダお嬢様もありがとうございます。ザファル様は、アルスター男爵家の船を見つけたら沈めろとおっしゃっていましたが。カル様の指示にすぐに従ったご判断はお見事でした」

「そ、そうかな……」

シーダは家臣たちに褒められて、まんざらでもない様子ではにかんだ。

「うん、そうだよ！　やっぱりカル兄様は、レオンなんかとは器が違う！　みんなの救助を優先して良かった！　私、頭に血が上りすぎていたみたいだよ」

シーダが僕に尊敬の眼差しを向けてきた。

「まさしく！　カル様が戻ってきて家督を継いでくださったら、どんなによいことか！」

「その通りだ！」

それは救助された他の人たちも同じだった。

今さらそんなことを言われても困ってしまうのだけど……。

「レオン……あんな男が当主になるとしたら、ヴァルム家はもうおしまいです。俺はこの場にて、カル様に忠誠を誓わせていただきます！」

「ええっ⁉」

中には僕に臣下の礼をとりだす男もいて、非常に驚いた。

「私も！　私も！　アルスター男爵家にお仕えしたく存じます！」

「カル様どうか、この俺を家臣に！」

それを皮切りに、次々に僕の臣下になりたいとヴァルム家の者たちが申し出てきた。

「シーダお嬢様。誠に申し訳ありませんが、私も今日限りでヴァルム家とはおさらばさせていただきます！」

「いいよ、私だって気持ちは同じだもの！」

本来、それを止めるべき立場のシーダまで、アルスター男爵家へのくら替えに賛同する始末だった。

「まだ救助作業が終わっていないので、その話はすぐにはお受けできません。次は怪我人の治療を……」

「はっ！　まずは、味方の治療でございますね！」

「海に落ちた物資の中には、回収すればまだ使える物もあります！　野郎ども回収して、すべてカル様に献上するんだ！　最初のご奉公だぞ！」

「おおっ！」

まだ承諾していないのに、スッカリ彼らは僕の家臣になったつもりでいた。

困ったな。いきなり大所帯になると、住居も足りないし、給与の支払いも大変になる。

……今回の海竜討伐依頼の達成で、王国からまとまった報酬がもらえるから、なんとかなるか。

ヴァルム家からもらった賠償金もあるしね。

「カル様、大変よ！ 巨大な海竜がこちらに向かってきているわ！ こ、ここここれって、まさか古竜⁉ しかも群れをなしているわ！」

水魔法で周囲を索敵していたティルテュ王女が驚愕の声を上げた。

船上に一気に緊張が走る。

「まさか、おびき寄せられた⁉」

海竜は僕たちを倒すために、群れで待ち伏せしていた可能性が高い。港町を襲っていた海竜は、いわば釣り餌か。

「ぐっ！ マズイのじゃ。カルよ包囲される前に船を下げて、わらわたちだけで戦うぞ！」

アルティナが飛竜アレキサンダーに飛び乗った。僕もその後に続く。

「よし、わかった。ティルテュ王女、みんなを連れて全速力で逃げるんだ！」

「も、もももちろんよ！ 古竜に率いられた海竜の群れとなんて戦えないわ！」

ティルテュ王女は首をすくめて、慌てて船を【水流操作】で後退させた。

「カル兄様、私も一緒に戦うよ！ ルーク、行こう！」

シーダが大剣を抜き放って叫んだ。異母妹との初の共同戦線だな。

「ぐうっ！ 敵はかなりの数だね。私はカル兄様の指示に従うよ！」

怒濤《どとう》の勢いで、海原を引き裂いて海竜の軍団が迫ってくる。

先頭にいる島のような巨体の多頭竜が、古竜か。

古竜と戦った経験がなかったら、圧倒されてしまったであろう威容だった。

「……よし、まずは取り巻きを倒そうと思う。これから、ヤツらを海面に飛び出させるから、シーダは魔法で撃って欲しい。アルティナは力を温存しておいて」

「うむ！」

「そんなことができるの⁉」

シーダは呆気に取られた様子だった。

海竜たちは、空にいる僕たちを視界に入れるために首を海上に出している状態だ。ここからその首を魔法で狙っても、海中に潜られたら威力が散らされてしまう。

無論、アルティナの【黒炎のブレス】なら、ヤツらに大ダメージを与えられるだろうけど、大技は古竜対策に取っておきたかった。アルティナの魔力も無限ではないからね。

「ティルテュから学んだ【水流操作】をさっそく試すのじゃな！　小娘、おぬしの兄は最強じゃから、安心して指示に従っておれ」

「冥竜王にそこまで信頼されるなんて、さすがはカル兄様！　わかった！　それじゃ、最大威力の範囲攻撃魔法をぶちかましてやるよ！」

シーダは目をつぶって詠唱に入る。

僕は海竜たちの周囲の海水を、【水流操作】で、僕たちに向けて強引《ごういん》に引き寄せた。

元々、海竜たちも同種の魔法で、海中を高速移動していた。それがさらに加速したことで、彼らは勢いよく海面に飛び出すことになった。

「『グォオオオン⁉』」

僕が【水流操作】を使えることを知らない海竜たちにとって、これは完全な不意打ちだった。魔法障壁も張らない無防備のまま、空中に投げ出される。

「【炎の嵐《フレア・ストーム》】！」

シーダから灼熱《しゃくねつ》の炎の旋風が放たれた。海竜たちを呑み込んだ炎は、大量の海水を瞬時に気化させて、水蒸気爆発を起こす。

ズドォオオォーオオン！

慌てて飛竜アレキサンダーに後退を命じなければ、僕もその爆発の煽《あお》りを受けていただろう。

予想より、シーダの魔法の腕は上がっていた。

「おおうっ！　さすがはカルの妹じゃな！　人間とは思えぬ見事な魔法じゃ」

「えへへっ！　私の得意属性は、火だからね。火竜だって焼き尽くしてやるよ！」

「……僕の妹ながら、恐ろしい」

人間の扱う魔法は、【竜魔法】の下位互換だ。だけどシーダの火魔法は、古竜にすら通用する域にあると思う。

「【ウインド】！」

僕はシーダが撃ち漏らした海竜を、収束させた風の刃《やいば》でバラバラに切り刻んだ。

ヤツらを海中に逃がす訳にはいかない。

海竜が未《いま》だ混乱状態にあったのも幸いした。連射に優れた無詠唱魔法の利点を活用し、1匹残らず肉片に変える。

「えええええっ！　な、なに？　その連射は⁉」

「なにって……基礎魔法【ウインド】だから、連射しても負荷がかからないだけだよ」

「はぁ⁉　い、今のが基礎魔法なの⁉　海竜を切り刻んじゃってるけど……」

シーダは何か気圧《けお》された様子だった。

「小娘、この程度で驚いておっては身がもたんぞ。カルの真骨頂は【竜魔法】にあるのじゃからな」

「りゅ、【竜魔法】って！　うっ、うーん。私の知っている魔法の常識と違いすぎる！　そもそもカル兄様の得意属性って、風だっけ？」

そういえば、僕は自分の得意属性を知らなかった。

なにしろ、呪いで詠唱を封じられていたせいで、魔法がマトモに使えなかったからね。本来は修行の過程で得意属性を知って、その系統の魔法を伸ばしていくものだ。

「おぬしたち、戯《たわむ》れはそこまでじゃ。真打ち登場じゃぞ」

「ま、まさか……人魚族でもない者が、海竜を超える【水流操作】だと……！」

7つの首を持った多頭竜が、敵意を剝《む》き出しにして迫ってきた。さすがにこの巨体は、【水流操作】で空に飛ばせない。

「だが、この古竜フォルネウスと、海で戦おうなどとは笑止千万！　貴様の得意とする風の魔法などでは、我が肉体を裂くことはできんぞ！」

「えっ……多分、僕の得意属性は風ではないような」

では、何かと問われると……わからない。多分、冥属性でもないと思う。

一度、アルティナの【黒炎のブレス】をマネして使ってみようと試したけど、うまくいかなかった。

冥属性の魔法は、先天的に冥属性が得意な者以外は習得できない。

「はっ？　では、水属性か⁉　ハハハハハッ！　確かに見事な【水流操作】だったが、なおさら貴様に勝ち目はないぞ！　真の海竜が操《あやつ》る【水の竜魔法】の恐ろしさを、たっぷりと教えてやる！」

「それも違うような気が……」

人魚族の【水流操作】は使えたけど、あまりしっくり来るような感覚ではなかった。

いや、それよりも。

「もしかして、【水の竜魔法】を教えてくれるのか？　それは、とてもありがたい！」

不謹慎だけど、ぜひ、お願いしたいところだった。僕はもっともっと魔法を極めたい。

「えっ？　カル兄様、何を言って……」

「カルは前に古竜と戦った際に、【雷の竜魔法】を見て盗んでしまったのじゃ。一度、見聞きした魔法の術式を、頭の中で完璧に再現できるようじゃな」

「……ごめん、カル兄様って人間なの？　天才すぎて、何がなんだか」

妹は呆気に取られていた。

「もちろん人間だよ」

「魔法に関しては、人間をはるかに超越しておるのじゃ。古竜ごときでは、おそらく相手にはならぬのじゃ。この勢いで成長すれば、いずれ竜王をも超えるじゃろうな」

「ぐっ！　人間風情《ふぜい》が侮《あなど》るなよ！　【水の竜魔法】を貴様がごときが扱えるハズがなかろう！　海の藻屑と消えよぉおおお！」

古竜の咆哮が大海原に響き渡った。

古竜フォルネウスの７つの首が、それぞれ同時に魔法詠唱に入った。

「多頭竜の最大の強みじゃな！　ヤツは強大な魔法を７つ同時に使えるぞ」

アルティナが警告すると同時に、彼女も魔法詠唱を行う。黒い爆発的な魔力が、その身から溢《あふ》れ出す。

「むちゃくちゃなヤツ！　ルーク、行くよ！」

シーダは飛竜と共に急降下して、勢いに乗った斬撃を海竜の頭に叩きつけた。

魔法詠唱中は、何者であれ無防備になる。シーダはその隙を果敢に突いたが、まるで歯が立たず、むなしく弾《はじ》かれた。

「くっ！　デカブツすぎて、剣じゃダメージを与えられない！」

「シーダ、離れろ！」

僕も【ウインド】を連続発動させて、古竜フォルネウスの首を滅多斬りにするが、傷ひとつつかなかった。

「もっと、高威力の魔法じゃないと通用しないか……！」

さすがは古竜。並のドラゴンとは格が違うようだ。

「【水弾檻《ウォーターバレットジェイル》】！」

古竜フォルネウスの多頭が、同時にひとつの魔法を発動した。

海より無数の水の弾丸が、亜音速で僕たちに向けて発射される。まるで天に向かう豪雨だ。

「ひとつでも命中すれば、人間など粉々に砕ける水の弾幕だ！　この我と戦って散ったことを誉れとせよ！」

フォルネウスが勝ち誇る。

「【水流操作】！」

「なにぃいいいい⁉」

驚愕にフォルネウスが目を剝いた。

僕は周囲の空間の水分子を操作して、水の弾丸の軌道をすべてそらした。

「すごいよ、カル兄様！　海竜を上回る水の支配力だなんて！」

「いや、かなりしんどい！　古竜クラスの【竜魔法】に長時間干渉するのは無理だ」

尋常ではない勢いで、魔力が消耗されていく。

それにしても、これが【水の竜魔法】か。海の戦いにおいては、おそらく無敵の力だ。

その魔法詠唱はバッチリ聞かせてもらったし、術式の解析もできた。

「さすがじゃなカルよ。おぬしなら、防ぎきってくれると信じておったぞ！」

アルティナが【黒炎のブレス】を放つ。すべての生命を滅する黒い炎が、古竜フォルネウスに突き刺さった。

「おぉおおおっ!?　おのれ、【再生竜水《ヒールドラゴンウォーター》】！」

フォルネウスは弾き飛ばされながらも、すかさず回復魔法を発動する。７つの首のひとつが、保険として回復魔法を詠唱していたようだ。

アルティナにえぐられた肉体がみるみる再生した。

これは、どうやら水に強烈な回復効果を付与する魔法らしい。

最高級回復薬《エクスポーション》の作製にも使えそうだし、この魔法もイイな。

【再生竜水《ヒールドラゴンウォーター》】も、僕の魔法としてインプットさせてもらった。

「うへぇええ！　カル兄様も化け物だけど、海でコイツを殺しきるのは不可能なんじゃないの!?」

喜んでいる場合ではなかった。

元々、強大な生命力を誇る海竜が、回復魔法まで使うとなると、たちが悪い。

完全に回復する前に畳み掛けなければ……。

「【水弾檻《ウォーターバレットジェイル》】！」

「なんだとぉおおお⁉」

僕はフォルネウスの【竜魔法】をそっくりそのまま返した。

これは海水を、無数の弾丸に変えて敵を穿《うが》つ魔法だ。

「ホントに、一度見ただけで【竜魔法】を再現した⁉」

「ぐぉおおお！　あり得ん！　人間などには絶対に不可能だ！　竜王の血筋でもなければ、こんなマネは……！」

音速に迫る水の弾丸に全身を叩かれて、フォルネウスは次の魔法詠唱を妨害される。

さすがに、この魔法だけで倒しきることはできないが、隙ができた。

「カルよ。海竜の弱点は、雷属性じゃ！」

「わかった。【雷吼《らいこう》のブレス】！」

僕は海原を白く染める雷撃を放った。大海に大穴を穿つ雷竜のブレスだ。

「それはまさか雷の古竜ブロキスの奥義《おうぎ》⁉」

フォルネウスは驚愕の叫びを上げる。雷撃に貫かれたヤツは、全身を痙攣《けいれん》させた。

フォルネウスは【再生竜水《ヒールドラゴンウォーター》】でダメージを回復させようとするが、その前に追撃をかける。

「【雷吼《らいこう》のブレス】２連射！」

古竜フォルネウスの断末魔が轟《とどろ》いた。

２撃目の稲妻の奔流が、その巨体を貫く。力尽きたヤツの身体が、黒焦《くろこ》げとなって海に沈んだ。

その巨体から、ポンと【古竜の霊薬】がドロップして、僕の手の中に収まる。

「す、すごい！　あの化け物を倒しきった！　父様なんて目じゃない。カル兄様こそ最強の竜殺しだ！」

シーダが尊敬の眼差しを向けてくる。

「……魔力はもうスッカラカンだし、かなりギリギリだったよ」

僕は荒い息を吐く。

圧倒的な魔力《MP》量を誇る古竜と、正面から魔法を撃ち合うべきではないな。

今回は、敵の弱点属性を突けたから競《せ》り勝てたけど、次からは気をつけよう。

「その【古竜の霊薬】を飲めば、カルの魔力《MP》量はさらに高まるじゃろう」

アルティナが喝采の声を上げた。

「……たった３人で、古竜に率いられた海竜の群れを倒すなんて、前代未聞の快挙だね。よし、決めた！　私もヴァルム家を捨てて、アルスター男爵家の一員になるよ！」

「はぁ⁉」

シーダがあっけらかんと告げた爆弾発言に、僕は度肝を抜かれた。

彼女はヴァルム家の跡継ぎ候補じゃなかったか？

それがアルスター男爵家の一員になるとしたら、王国は大騒ぎになるだろう。

「ルークともども、これから、よろしくねカル兄様！」

シーダが僕の飛竜に飛び移って、抱きついてくる。

飛竜ルークも同意するかのように、大きく鳴いた。

「もちろん、いいけど。これは、またとんでもないことになったな……」

「カルの妹なら、わらわにとっても家族じゃな。よろしく頼むぞ！」

シーダとアルティナはハイタッチして、すっかり打ち解けていた。

「えへへへっ。じゃあヴァルム家にはお別れを告げてこないとね。レオンがしでかしたことの落とし前をキッチリつけてやるよ」

シーダは獰猛《どうもう》な猫科動物のように笑った。

顔はかわいいんだけど、怒らせると怖い妹だった。

《妹シーダ視点》

「ああっ！　シーダお嬢様、お待ち下さい！　レオン様より、お嬢様には反逆の疑いありと⁉」

「うるさいなぁ。私は父様とレオンのヤツに用があるんだよ。用が終わったら、サッサとこんな家、出ていくからさ！」

ヴァルム家に戻ってくると、何人もの竜騎士が私を押しとどめようとした。

邪魔くさい。

「邪魔をするなら、力ずくで押し通る！」

「ひぃやぁあああ⁉」

私は行く手を阻《はば》むヤツを、峰打ちでなぎ払い、あるいは魔法で吹き飛ばした。

ピタリと閉ざされた堅牢《けんろう》な門は、大剣で叩き斬って、一直線に父様の執務室を目指す。

「本当なんだよ、父上！　シーダのヤツがヴァルム家を裏切って、カルの野郎と手を組みやがったんだぁ！　それで船を沈めたんだよ！」

父様の執務室の前までやってくると、大声が聞こえてきた。どうやらレオンが必死にデタラメを吹き込んでいる真っ最中らしい。

さすがのクズっぷりだね。そうこなくちゃ。

私は攻撃魔法の詠唱を始めた。

「なぜ、シーダがそんなことをする必要があるのだ？　今回の任務に向かった全員が、ヴァルム家を去ると書状で告げてきたのだぞ⁉」

父様は別の竜討伐任務から今日帰ってきたばかりで、事情をよく把握していないようだった。

「しょ、しょせんは妾の娘だ！　俺たちに対して、思うところがあったってことだよ！　こうなったらシーダのヤツも追放して……！」

私は執務室のドアを蹴破《けやぶ》って、中に踏み入った。

ギョッとしたふたりの視線が注がれる。

「【爆裂《エクスプロージョン》】！」

その瞬間、私は爆裂魔法をレオンに叩きつけた。室内は一瞬にして、爆発でメチャクチャになる。

「ぎゃあああああっ⁉」

直撃を受けたレオンは、全身が焼け焦げ、アフロヘアーと化した。

常人なら死ぬところだろうけど、腐ってもヴァルム家の嫡男。それなりの魔法防御力を備えていた。

「シ、シーダ⁉ お前は一体、何を……⁉」

父様は高速詠唱で、一瞬のうちに魔法障壁を展開してガードしていた。

うん、このあたりは、さすがといったところだね。

「なにって、この家じゃ、警告なしに上級攻撃魔法をぶつけるのが、家族間のあいさつなんでしょ？ じゃれ合いだよ、じゃれ合い。お互いに遠慮はなしってことだよね」

「げはげはっ！ 俺を……ヴァルム家の屋敷をこんなにしやがって、タダで済むと思ってやがるのか……⁉」

「レオンがそれを言う？ もちろん、タダじゃ済まないから、こんな事態になっているんだよね？」

怒声を浴びせてきたレオンを、私は鼻で笑う。

「ま、まさか、レオンの言ったことは本当だったのか⁉ 裏切りは許さんぞシーダ！」

「ああっ、そうそう。父様にはお別れのあいさつにきたんだよ。私は今日限りで、ヴァルム家とはオサラバするね。カル兄様のアルスター男爵家で、ご厄介になることにしたからさ」

それを聞いた父様は、衝撃に青ざめた。

「ど、どういうことだ⁉ なぜ、ヴァルム家の当主になれる可能性を棒に振って、カルのところに行くのだ⁉」

「ヴァルム家の当主になれたところでさ、戦場でバカな身内から背中を撃たれたんじゃ、命がいくつあっても足りないってことだよ。

レオンはね。任務を放棄して、ヴァルム家の船を沈めたんだよ。私を撃ってね」

「なんだと……⁉　ま、まさかレオン、貴様⁉」

「ひぃいいいいっ⁉」

激怒した父様に睨まれて、レオンは縮み上がった。

「そのまさかだよ。自分が当主になるためには手柄を上げるより、私を消した方が確実だってさ！　カル兄様が助けてくれなかったら私たちは全員、海の底だったよ」

「そういうことか⁉　裏切り者はお前ではないか⁉　竜を討伐することこそ、ヴァルム家の存在意義なのだぞ……そ、それを、味方を討ってなんとする⁉　お前はこの家を滅ぼすつもりか⁉」

父様に胸ぐらを掴まれて、レオンは怯えながらも卑屈な愛想《あいそ》笑いを浮かべる。

「い、いや、父上、それ以前に妾の娘なんぞより、俺の方がよっぽど当主にふさわしい……げぇばらぁああ⁉」

口上を最後まで述べる前に、レオンは顔面に鉄拳を叩き込まれた。

「……だが、シーダよ。事情はどうあれ、ヴァルム家に反逆するというなら容赦せんぞ。この場で切り捨ててくれる！」

「おっと、そうはいかんのじゃ。ヴァルム家の当主よ」

私の後ろから、冥竜王アルティナが顔を出した。

何者であるか察して、父様とレオンの表情が凍りつく。

「この娘は、今よりアルスター男爵家の一員なのじゃ。先日、王女から言われたのではないか？　国内の味方同士で争う愚を冒すなと。その禁を、再び一方的に破れば、今度はお家断絶もあり得るのではないか？」

「ぐっ……銀髪の娘。そうか、お前が冥竜王アルティナか。このヴァルム家に足を踏み入れるとは……」

父様は憎々しげにアルティナを見つめた。

だけど、システィーナ王女から釘《くぎ》を刺されているために、何もできなかった。

「安心せい。わらわは争いにきたのではない。カルより、シーダが暴走せぬようにお目付け役を頼まれたのじゃ。なにしろ、この通り、大激怒しておるからな」

「信用ないなぁ。カル兄様が、ヴァルム家を滅ぼすことを良しとしないなら、私だって攻撃は控えるよ。バカ兄貴に、落とし前はつけてやったしね」

「ぐぅうう……いてぇよ、ちくしょう……」

レオンが涙目で、懐《ふところ》から最高級回復薬《エクスポーション》を取り出す。

「古竜フォルネウスを倒した功績で、アルスター男爵家の評価は、ヴァルム家を上回ることになるね。

ヴァルム家なんて、もう過去の栄光にすがるだけの時代遅れの家だよ。レオンはここで好きなだけ、お山の大将を気取るといいよ」

「古竜フォルネウスだと⁉　王国の領海を支配していたあの暴竜を、カルめが倒したというのか⁉」

父様が目を剝いた。

「カル兄様は、次は海竜王リヴァイアサンを仕留めるよ。父様とレオンじゃ、逆立ちしても絶対に不可能なことだね」

「なんだと⁉」

「シ、シーダ！　てめぇ、さっきから聞いていれば、兄である俺を呼び捨てに……！」

回復して多少元気を取り戻したバカが叫んだ。

「妾の娘はヴァルム家にはふさわしくないんでしょう？　私のことを妹だなんて、金輪際思《こんりんざい》わないでよね。私の兄様は、カル兄様だけだよ」

私は吐き捨てるように告げると踵《きびす》を返した。

「じゃあ、行こうかアルティナ。本当はここで、レオンを再起不能になるまでボコボコにしてやりたいけど、カル兄様の命令だからね。それはしないでおいてあげる」

「うむ。だが、おぬしらに警告しておくぞ。今後わらわの愛するカルにくだらぬチョッカイを出すようなら、冥竜王の名にかけて、地獄に叩き落としてやるのじゃ。覚悟しておくがいい！」

アルティナも必要なことを告げると、私の後に続いた。

父様とレオンは、瓦礫《がれき》の山と化した執務室から、それを呆然《ぼうぜん》と見送った。

「ザファル様！　今日限りでヴァルム家をお暇《いとま》させていただきます！」

「なにぃ!?」

私と入れ違いに、ヴァルム家を辞めたいと訴える者たちが、執務室に集まってくる。

それはそうだ。

味方を撃つような次期当主についていきたい物好きは、いないだろうからね。

ヴァルム家はこれから、ドンドン家臣に見限られて崩壊していくだろうけど、もう私の知ったことではなかった。

これから私は、強くて優しいカル兄様の元で、幸せに生きていくんだ。

《幕間》

「ご主人様、よく冷えたトロピカルジュースですにゃ！」

海辺に設置したパラソルの下でうたた寝をしていると、メイド姿のミーナがジュースを運んできてくれた。

ジュースの中には氷が浮かび、キンキンに冷やされている。

「うわっ、冷たい！　ありがとう。って、あれ、この島にこんな氷の魔法が使える人なんて、いたかな？」

海竜との激戦に勝利して、今日はみんなで休暇を取っていた。氷の魔法はかなり高度な水属性魔法だ。

寝ぼけ眼《まなこ》で、周囲を見回す。

「私が魔法で作った氷ですよカル様！　……って、なんで人魚族の王女である私が、こんな労働をしなくちゃいけないのよぉおおおっ！」

見れば人魚姫のティルテュが、海辺に建てた屋台で、細かい氷塊を魔法でガンガン作っていた。

容器に落とした氷塊を、猫耳メイドたちがトロピカルジュースに入れて、売っている。

「お嬢ちゃん、マンゴージュースふたつ！」

「はいですにゃ！」

屋台には、元ヴァルム家のクルーたちが並んでいた。彼らは猫耳メイドやティルテュを見て、鼻の下を伸ばしている。

「まさか……猫耳メイドがかくもすばらしいものであったとは、感無量！　眼福です！」

一部の男たちからバカ受けだった。

「うわぁああ、出張版・猫耳メイド喫茶大成功ですにゃ！」

屋台に立つミーナが喜びの声を上げる。

屋台の周りには簡易テーブルとイスが設置されていた。

元ヴァルム家のクルーたちは、注文した軽食やジュースを片手に思い思いに楽しんでいる。

浜辺でビーチバレーやバーベキューに興じる者たちもいた。

肉や野菜が焼ける香ばしい匂《にお》いが漂ってくる。

「いきなり、こんなすばらしい休暇を与えてくださるとは、カル様には大感謝ですな！」

「ヴァルム家では福利厚生、ナニそれ美味《おい》しいの？　でしたからね」

「あ、あの猫耳メイドさん。美味しくなる魔法、もう一度、かけてくれませんか？」

「はいですにゃ、ご主人様！　世界で一番、美味しくなーれぇー」

アルティナ肝いりの猫耳メイドは大好評だった。拍手喝采を受けている。中には感涙している者もいる。

「ティルテュよ。おぬしは居候《いそうろう》じゃろう？　国を助けて欲しいなどと厚かましいことを頼んでおるのじゃし、ぶーぶー言わずに働いてカルに恩返ししたらどうなのじゃ？」

水着姿で僕の隣で昼寝していたアルティナが、うーんと伸びをした。

美しいだけでなく、神々しささえ感じさせるアルティナの水着姿に、浜辺の視線は釘《くぎ》付けになる。

「冥竜王⁉　くううううっ！　本来ならビーチの視線を独占するのは、私だったハズなのにいいいいいいい⁉」

製氷機と化しているティルテュは、作業に適したタンクトップとハーフパンツ姿だ。色気のない汗拭き用のタオルを首から下げている。

ティルテュは自分より、アルティナに他者の注目が集まるのが許せないらしい。別に張り合う必要なんかないと思うけど……。

「ティルテュさんの【魅了《チャーム》】の魔力のおかげで、たくさんのご主人様がご帰宅くださって、ミーナは大満足にゃ！　ティルテュさんも猫耳をつけて、猫耳メイドにならないかにゃ？」

「お断りよぉおおお！　私は第一王位継承者の王女よ。王女！　なんで、平民の雑魚《ざこ》どもをご主人様なんて呼ばなくちゃならないのよ⁉」

「結構、楽しいにゃよ？」

なんだかんだでティルテュは作業を続ける。

他者を【魅了《チャーム》】する魔力を持った人魚は、接客や集客に向いているみたいだ。

「カル兄様！　鬼ごっこしない？」

イルカの浮き輪を持ったシーダが、駆け寄ってきた。彼女はビキニ水着に、パレオを腰に巻いている。

「童心に帰って、そんな遊びもいいな」

そういえば異母妹とは、あまり一緒に遊んだことがなかった。ここでは母の身分の差などというしがらみはないのだし、思いきりシーダと遊ぼうと思う。

「やったぁ！　でも、ただ遊ぶんじゃおもしろくないから罰ゲームもつけよう。鬼ごっこは開始10分で終了。最後に鬼だった人は、他のメンバーからの要求になんでも応《こた》えなくちゃならない、っていうのはどう？」

シーダはなにやら小悪魔めいた笑みを浮かべた。

なんだろう？　何か僕に買って欲しいものでもあるのかな。

海竜討伐の成功報酬がシスティーナ王女から出るから、妹のわがままに付き合うくらいのことはできる。

「なるほど。それも楽しいかもね」

関係に溝のあった妹と親睦を深めるのも、今回の休暇の目的だ。

「なんとぉ⁉　それなら、わらわも参加するのじゃ！」

「ミーナも参加したいのにゃ！」

「これだけ氷があれば十分でしょう！　私も参加するわよ！　海辺で人魚に鬼ごっこで勝てるなんて、思わないことね！」

僕が快諾すると同時に、アルティナとミーナとティルテュが、同時に参戦を表明した。

なにやら、全員、鼻息荒くやる気がみなぎっている。

おわっ、どういうことだろう。

「うん、いいよ。じゃあ、最初の鬼はカル兄様ということでいいかな？」

「「賛成！」」

他の女の子全員から賛同の声が上がった。

まあ。別にいいか。

「シーダよ。おぬし、カルを負かして何かよからぬことを企《たくら》んでおるのじゃろう？　そうはさせんのじゃ！」

アルティナが僕を守るように、シーダの前に立った。

「よからぬこと？　『カル兄様は永遠に私だけを愛するように』って、お願いするつもりだけど？」

「はぁっ⁉」

爆弾発言に、その場の全員が固まった。

ただのゲームのペナルティにしては重すぎるというか……何を考えているんだ、この妹は？

「ミーナはご主人様の子供を産みたいとお願いするつもりですにゃ！」

「おいっ⁉」

「わっ、わわわ、私はカル様に婚約して欲しいとお願いするつもりよ！　ふんっ！　こんなゲームに参加しなくても、カル様は世界一の美少女であるこの私と結婚したくなるのに決まっているけどね」

ティルテュ王女は頰《ほお》を桜色に染めて鼻を鳴らす。

「全員の要求が重すぎる……⁉」

「くっ。わらわはカルとずっと一緒にいたいと、要望するつもりじゃったのに。なんと、ハレンチで禍々《まがまが》しい欲望を持った娘どもなのじゃ」

アルティナも絶句していた。

アルティナとずっと一緒にいたいのは、僕の望みでもある。

どうやら、まともなのは彼女だけのようだ。

多分、みんな冗談だとは思うけど……万が一、婚約やら子作りやらを本気で要求されたら、マズイ。

「へへへっ。カル兄様、今さら降りるなんてなしだからね？　私と本気で遊ぼう！」

シーダは攻撃的に笑った。

「……仕方がない。アルティナ、僕と組もう。協力して、僕たち以外の誰《だれ》かを鬼にして終了するんだ」

僕は小声でアルティナに共同戦線を提案した。

僕とアルティナが組めば、まず負けないだろう。それでシーダも納得するハズだ。

「おおっ。カルよ、それがよさそうじゃな。コヤツらの邪悪な願いを叶《かな》えてはならぬのじゃ！」

邪悪な願いというか、彼女たちの僕への願いは全員がバッティングするのだけど、どうするつもりなんだろうか？

『愛』『子供』『婚約』と、それぞれの願いが微妙にズレているから、大丈夫なのか……？

とにかく、アルティナの協力が得られたのはありがたい。

「じゃあ、カル兄様が鬼で開始！」

戦いの火蓋が切られた。

僕は砂浜を蹴《け》ると同時に、風の魔法で生み出した爆風で加速する。

「にゃ、にゃん!?」

「タッチ！　次はミーナが鬼だぞ！」

僕はミーナの肩にタッチして、すぐさま離脱する。ミーナは動きづらいメイド服姿だったので、一番狙《ねら》いやすかったのだ。

そのまま、森に逃げ込んで隠れてしまえ。

「はい、ミーナ。タッチ！」

すると、シーダがミーナに自分からタッチして鬼になった。

なにぃいいい……？

「残念だけどカル兄様、勝たせてもらうよ？　ティルテュ！」

「これも海底王国オケアノスのためよ！　ごめんなさいカル様！」

ティルテュが海水を操《あやつ》って大波を作る。それを僕にぶつけてきた。近くにいた人たちは巻き添えを喰《く》って大迷惑だ。

うわっ。まさか僕とアルティナ同様、シーダとミーナとティルテュも協力関係を結んだのか？

波は僕の身体に絡《から》みついて、海中に引きずり込もうとする。これはティルテュ得意の水魔法【水流操作】だな。

僕も同じ【水流操作】で抵抗する。

だが、相手は仮にも人魚姫、水魔法の達人だ。経験と技巧ではあちらに分があり、僕は海へと流されそうになる。

マズイ、海中に落とされたら、後はティルテュの独壇場だぞ。

「よし、今だぁ！」

そこにシーダが突っ込んできて、僕に抱きついた。

「やった！　またカル兄様が鬼だね！　それじゃあバイバイ！」

「甘いのじゃ。【竜王の咆哮《ドラゴンシャウト》】！」

アルティナが身の毛もよだつような咆哮《ほうこう》を放った。恐怖を煽《あお》る精神干渉系の【竜魔法】【竜王の咆哮《ドラゴンシャウト》】だ。

「きゃあああああっ⁉」

ティルテュが気絶し、シーダが動きを止める。

「アルティナ、助かった！」

「ふん。わらわを出し抜こうなんぞ、1000年早いのじゃ！」

僕はすぐさま波から脱出して、ティルテュにタッチした。そして、すぐに風を操って加速し、遠くに逃げる。

気絶したティルテュを鬼にしてしまえば、勝ちは揺るがない。

と思ったのだけど、再びシーダがティルテュにタッチして自ら鬼となった。

「カル兄様は私だけの兄様になるんだよ！　ルーク！」

「ええっ⁉」

なんとシーダは相棒の飛竜を呼んだ。

シーダは飛竜の背に乗って、一気に距離を詰めてくる。

「参加者以外をゲームに参加させるのは反則じゃないのか⁉」

「飛竜を使ってはいけないなんていうルールはないよね⁉　鬼ごっこは周囲にあるものすべてを利用するんだよ！」

確かにそうかも知れないけれど。

そんなグレーゾーンを果敢に攻めるような生き方をしたら……いつか妹は手痛いしっぺ返しを受けそうだ。

「【水流操作】！」

僕は海中より巨大な水柱を出現させて、飛竜ルークにぶつけた。

「【焔《ほむら》の闘衣】！」

シーダはそれを読んでいたのか、飛竜と自分自身に、魔法の炎をまとわせた。彼女らを覆《おお》う炎に触れた水柱は、音を立てて蒸発する。

これは接近する者を焼く、攻防一体の火魔法だ。水魔法は火魔法に対して優位なのだけど、シーダは不利を力押しで覆《くつがえ》している。

「うわっ！　ご領主様たちが、なんかスゴイ魔法の応酬をしているぞ⁉」

浜辺に集まった者たちは、遊びとは思えない熱戦に感嘆の声を上げた。

「はい、捕まえた！」

急降下してきたシーダが僕に触れようと手を伸ばす。

その瞬間、【焔《ほむら》の闘衣】が解除される。

「ここだ！」

僕は飛竜ルークの翼に、思いきり猛風をぶつけた。風を受けて、ルークは意図せず急上昇してしまう。

【焔《ほむら》の闘衣】が発動中なら、風魔法は火魔法の劣位属性なので、効果が薄かったかも知れないけど今は違った。

「えっ⁉　このシビアなタイミングを見切った⁉」

「おっと、シーダよ。地上に接近しすぎじゃな」

アルティナが跳んで、飛竜ルークの背に乗った。アルティナはそのまま、シーダを背後から羽交《はが》い締《じ》めにする。

「ぐうっ⁉　外れない⁉」

「これで、わらわが鬼となったワケじゃな。制限時間まで、このままでいてもらうぞ」

シーダはアルティナの拘束から逃れようともがくが、ガッチリと押さえ込まれて身動きできない。

「アルティナ！　このまま私が負けたら、カル兄様にお願いを聞いてもらえるチャンスがなくなるんだぞ⁉」

「おぬしらの要求はゲームの範疇《はんちゅう》を超えておる。ちょっと、わがままが過ぎるぞ？　お灸《きゅう》をすえてやるのじゃ」

「ちょっとカル兄様にじゃれついてみたかっただけで⁉　ほら、兄妹のスキンシップ……」

アルティナはシーダを摑《つか》んだまま、有無を言わせず海にダイブした。

「うきゃあああ！　ここまでする⁉」

「おぬしに言われたくないのじゃ。じゃじゃ馬め」

ドボォォオオオン！　と盛大な水柱が上がった。

海に落ちれば、飛竜ルークは手出しできない。魔法も水中では、よほどの熟練者でなければまともに詠唱ができなくなる。

さすがのシーダも無力化された。

「……で、結局、最後に鬼だったのはアルティナと」

海から上がって、身体をタオルで拭くアルティナとシーダを見ながら僕は告げた。

「そういうことじゃな」

「うへぇ～。ひどい目に遭った。別にアルティナに何か要求とかないし、もう別にどうでもいいや」

シーダは暴《あば》れ疲れたのか、大の字に寝そべった。飛竜ルークが心配そうに寄り添っている。

「右に同じよ。強いて言うなら冥竜王、私を食べないでちょうだい！　ガクガク……」

目を覚ましたティルテュが叫んだ。

【竜王の咆哮《ドラゴンシャウト》】で恐怖心を煽られ、冥竜に対するトラウマが刺激されたらしい。ちょっとかわいそうだ。

「ミーナも特にないにゃ。お魚にゃが、お腹《なか》いっぱい食べられて、猫耳メイド喫茶が繁盛《はんじょう》すればそれで幸せにゃ！」

ミーナもそう言って売り子を再開する。

「……じゃあ、アルティナに何か要求したいのは、僕だけだね」

「ふむ、なんじゃ？」

「僕もアルティナとずっと一緒にいたい」

他の娘たちには聞こえないように、僕はアルティナに小声でささやいた。

「ぬわっ……!? も、もももちろんだとも。わらわたちは家族じゃからな！　これからも、よろしくなのじゃ！」

アルティナは不意打ちを喰らったように動揺した。

「うん、よろしく」

アルティナが差し出した右手を、僕は強く握り返した。彼女の頬がポッと赤くなる。

「ぐっ、わらわばかり動揺させられて、なんだか悔《くや》しいのじゃ。ちょっと、向こうを向いておれ！」

「え……っ？」

アルティナが指差す方向を向いた瞬間、彼女の唇が、僕の頬に軽く触れた。

「わらわの親愛の証《あかし》としての口づけじゃ。ありがたく受け取るがよい」

アルティナは恥ずかしそうにソッポを向いた。

そんな態度をとられると、僕も意識してしまうじゃないか。

「ああっ⁉　妹である私の許可なく、カル兄様にキスするなんて許せない！」

それをこの場で一番見られてはいけない娘に、目撃されていた。シーダが僕らを指差して怒鳴る。

「ええっ⁉　ミーナともして欲しいですにゃ！」

「冥竜王！　私をさしおいて何をしているのよ！　カル様が心の底で想《おも》いを寄せているのは、この私なのよ⁉」

「おぬしら、何を言っておるのじゃ⁉」

「カル兄様！　親愛のキスなら、妹である私が最優先だよね⁉　もちろん、マウスツーマウスで！」

「はぁ⁉　同盟決裂よ！　カル様は恋人である私とキスするのよ！」

「いつご主人様がティルテュさんと恋人同士になったんですかにゃ⁉」

シーダたちがお互いを押しのけながら、僕に突撃してきた。

なにやら全員が僕とキスしたいとか叫んでいるし、どう見てもヤバい。

「アルティナ、逃げよう！」

「うむ！」

アルティナの手を引いて逃げる。

図らずも鬼ごっこの第2ラウンドが始まってしまった。

僕の妹はとんでもないトラブルメーカーだ。

……でも、こういうのも悪くない。

家族から追放された僕だけど、ここでアルティナという、かけがえのない存在に出会えた。

その上、こんなに楽しい仲間や家族と休日を過ごせているなんて、夢みたいだ。

こんな日がいつまでも続けばいいと願った。

エピローグ

《父ザファル視点》

ヴァルム伯爵ザファルは、頭を抱えていた。

栄光のヴァルム家を見限り、辞めていく家臣が続出しているのだ。

「何もかも愚か者のレオンのせいだ……！」

レオンが味方の軍船を沈めた悪評は、瞬《また》く間に広がった。

逆に、敵対するヴァルム家の者たちを救い、古竜を討伐したカルの名声はうなぎのぼりだ。

外に出れば、領民からの非難と嘲笑が聞こえてくる。

『ヴァルム侯爵様……いけね。今は伯爵様だったかは、後継者選びを完全にお間違いになったな！』

『ザファル様はまったく人を見る目がないよ。カル様こそ、王国の新たなる英雄さね！』

『レオン様が活躍できていたのは、実は全部、カル様のバフ魔法のおかげだったらしいぞ！』

『ええっ!?　そんなカル様を追い出したなんて信じられないわ！　もうヴァルム家はおしまいね』

『味方を撃つ後継者についていくアホはいないぜ。俺《おれ》はたった今、ヴァルム家に辞表を出してきた。これからはアルスター家の時代だ！』

シーダに去られたのも痛かった。

もはや、レオンしか跡取り候補はいないが、レオンは王女からは嫌われ、領民からはバカにされ、家臣からの信用も失っている。

ヴァルム家はお先真っ暗だった。

「なぜ、こんなことになったのだ……！　カルを追放したのが、すべての間違いだったのか⁉」

今さらそのことに気づいても、もう遅い。

「酒だ！　酒を持てい！」

酒をあおって、気分を紛らわせねば、とてもやっていられなかった。

「おい！　聞こえぬのか⁉」

呼び鈴を鳴らしても、一向に侍女がやってくる気配がなく、ザファルは苛立《いらだ》った。

「ふふふっ、今のあなたに必要なのは、勝利の美酒ではなくて？」

小鳥のさえずるような美声と共に、部屋に入ってきたのは見慣れない少女だった。

ザファルの背中に冷や汗が流れた。

彼は歴戦の猛者《もさ》だ。その美しい少女から身の毛がよだつような恐ろしい気配を感じ取っていた。

それは先日、ここを訪れた冥竜王アルティナと同種の気配だ。

「誰《だれ》だ貴様は……!? どうやってこの警戒厳重な屋敷に入ってきた? ま、まさか竜の化身か!?」

ザファルは家宝である魔剣グラムに手をかけた。

古代文明の遺産であるこの剣は、竜に絶大なダメージを与える特別な効果が付与されていた。

「初めまして。ヴァルム家当主に代々受け継がれる切り札である。ヴァルム伯爵ザファル様、私は聖竜セルビア。聖竜王様の使いとして、まかりこしましたわ」

ドレスの裾《すそ》をつまむと、少女は優雅に一礼した。

聖竜は神に近いとされるドラゴンだ。

個体数が少ない上に、上位の聖竜は神がかった特別な能力を個別に備えていた。聖竜王は未来が見えるといった噂《うわさ》がある。

うかつに攻撃するのは危険だった。

「聖竜王の使いだと!?」

「はい。敵の敵は味方、そうではなくて? 古竜を立て続けに葬《ほうむ》った新興のアルスター男爵家。私たち双方にとって、忌々《いまいま》しい存在ですわよね」

聖竜セルビアと名乗った少女は、許可も得ずにソファーに悠然と腰かける。

すると、その目の前に湯気の立つ紅茶とケーキが出現した。

なんらかの魔法？

しかし、呪文を詠唱した素振りはなかった。だとすると、セルビアの持つ特殊能力か？

紛れもなくこの娘は、上位の聖竜なのだと確信する。

「これは私たちが征服した土地で採れた茶葉を使った紅茶ですわ。このハイランド王国も、いずれ滅ぼすつもりですが……。

その侵攻計画を数十年単位で遅らせ、ヴァルム家を再び、比類なき英雄の座に押し上げることができます。ザファル様は思う存分、栄華を楽しむことができますわ」

ザファルは生唾を飲み込んだ。

それは魅力的な提案だった。葛藤を感じつつも問いかける。

「ヴァルム家に再び栄光を取り戻す？　具体的にはどうするのだ」

「あなた様の息子。カル様は、海竜王を討つために海底王国オケアノスにおもむくつもりです。そこにザファル様も同行し、逆に冥竜王アルティナを討っていただきたいのですわ。

カル様にこれまでの非礼をわびて協力を申し出れば、同行は叶《かな》うのではなくて？」

それは悪魔のささやきだった。

海竜王リヴァイアサンの討伐は、人類の悲願と言っていい。それを妨害することは、王国のみならず人類への裏切りだ。

だが……。

「海竜王と協力して、カルと冥竜王を討つ。冥竜王がカルをたぶらかしていたことにすれば、ヴァルム家は冥竜王を討った英雄となれると、こういう筋書きか？」

「さすがは、ザファル様です。その通りですわ。ザファル様は海竜王にも大きなダメージを与えて、撃退したということにします」

ザファルは冷徹に、ヴァルム家のメリットと、計画の実現性を考察した。

魔剣グラムなら、力を封じられた冥竜王アルティナを倒すことが可能だ。なにしろ、かの英雄カイン・ヴァルムが、初代冥竜王を撃退した際に使った剣である。

カルを信用させさえすれば、それは容易に達成できるだろう。

「聖竜王様は、いずれ人間の国をすべて滅ぼすおつもりですが、ハイランド王国は一番最後にさせていただきますわ。ザファル様は名実共に、ハイランド王国の守護神とたたえられるでしょう」

セルビアはにっこりと微笑《ほほえ》んだ。

「ぬっ⁉」

それはザファルが喉《のど》から手が出るほど、欲しい立場、名声だった。

跡取りが愚か者でも、敵と組んでしまえば、レオンが致命的な失態を冒す危険もなくなるだろう。

だが、この提案を飲んで、もし失敗すれば、今度こそヴァルム家は断絶だ。裏切り者として、歴史に拭えぬ悪名を残すに違いない。

「わかった。聖竜王と手を組もう。カルにヴァルム家……いや、父であるこの俺に逆らったことを後悔させてやる！」

しかし、もはやおちるところまで、堕ちたのだ。手を差し伸べてくれる者であれば、相手が悪魔だろうと構わなかった。

成功すれば、再びヴァルム家に栄光を取り戻すことができるのだ。

「わかりましたわ。では、私の言う通りに行動してくださいませ。その魔剣グラムは、カルを信用させるために、使わせていただきますわ」

＊＊＊

ザファルは己《おのれ》の道が栄光に繋《つな》がっていると、まだ信じていた。

生まれた時から、栄光に包まれていた彼にとって、栄光とは空気のようにあって当然、なくてはならない物だった。

だが、この決断により、ヴァルム家の崩壊は決定的になるのであった。

あとがき

あとがきを読まれている方、はじめまして。

作者のこはるんるんと申します。

本書をお買い上げいただき、ありがとうございます。

本書はＷＥＢ投稿サイト『小説家になろう』に投稿した小説を加筆修正したものです。ＷＥＢ版を読んでくださった方にもお楽しみいただけるように、約1万5千文字のシーンを追加しています。

ファンタジーの悪役というと、魔王ですが。最近の魔王は美少女だったり、実はいい奴であることが多いですね。

下手をすると、悪い勇者にいじめられる可愛そうな奴だったりします。

そんな魔王様をボコるのは、正直、気が引けます。

悪役として、まだ強大さを感じられるのはドラゴンかなと思います。そこで、本書の場合は、神に近い聖なるドラゴンを悪役にしてみました。

そして、ドラゴンといえば、セットになっているのが竜殺しの英雄です。彼らがタイミング良く竜に襲われているお姫様を助けるのが、お約束です。

でも、それって、なにかおかしいよね？　という疑問から、自作自演でお姫様を竜に襲わせているレオン兄上を思いつきました。

見下していた弟に悪事を暴かれて、慌てふためくレオンを楽しんでいただければと思います。

最後に、お世話になった方に謝辞を贈らせていただきたいと思います。

かわいいイラストを描いてくださったイラストレーターのぷきゅのすけ様。ＷＥＢ版の執筆中に感想をくださった方々。担当編集者の大澤《おおさわ》様。

何より本書を手に取っていただいた、あなたに厚く感謝を申し上げます。

本当にありがとうございました！

また次巻でお会いしましょう。

追放された主人公カルは
最強の道を突き進む!
夏頃発売予定!!

竜王に拾われて魔法を極めた少年、
追放を言い渡した
家族の前でうっかり無双してしまう
～兄上たちが僕の仲間を攻撃するなら、徹底的にやり返します～
第2巻、2023年

ファンレター、作品の
ご感想をお待ちしています

〈あて先〉

〒106－0032
東京都港区六本木2－4－5
SBクリエイティブ（株）
GA文庫編集部 気付

「こはるんるん先生」係
「ぷきゅのすけ先生」係

本書に関するご意見・ご感想は
右の QR コードよりお寄せください。

※アクセスの際や登録時に発生する通信費等はご負担ください。

https://ga.sbcr.jp/

竜王に拾われて魔法を極めた少年、追放を言い渡した家族の前でうっかり無双してしまう
～兄上たちが僕の仲間を攻撃するなら、徹底的にやり返します～

発　行　　2023年2月28日　初版第一刷発行
著　者　　こはるんるん
発行人　　小川　淳

発行所　　SBクリエイティブ株式会社
〒106－0032
東京都港区六本木2－4－5
電話　03－5549－1201
03－5549－1167（編集）

装　丁　　atd inc.

印刷・製本　中央精版印刷株式会社

ISBN978-4-8156-1836-0
Printed in Japan　GA文庫